TONGHUA DAWANG KAIJIANGLE 童话大王开讲3

神秘的宫殿

廖胜根 ◎ 编著

上海科学技术文献出版社
Shanghai Scientific and Technological Literature Press

图书在版编目（CIP）数据

神秘的宫殿 / 廖胜根编著. ——上海：上海科学技术文献出版社，2018
（童话大王开讲了）
ISBN 978-7-5439-7564-4

Ⅰ.①神… Ⅱ.①廖… Ⅲ.①童话－作品集－世界 Ⅳ.①I18

中国版本图书馆 CIP 数据核字（2017）第 241128 号

责任编辑：李 莺 苏密娅
封面设计：吕宜昌

丛书名：童话大王开讲了
书　名：神秘的宫殿
廖胜根　编著
出版发行：上海科学技术文献出版社
地　　址：上海市长乐路 746 号
邮政编码：200040
经　　销：全国新华书店
印　　刷：三河市人民印务有限公司
开　　本：787mm×1092mm　1/16
印　　张：8
字　　数：70 千字
版　　次：2018 年 5 月第 1 版　2018 年 5 月第 1 次印刷
书　　号：ISBN 978-7-5439-7564-4
定　　价：28.00 元

http://www.sstlp.com

目录 CONTENTS

- 1　神秘的宫殿
- 4　火中取栗
- 6　法兰德斯的灵犬
- 13　猴子与螃蟹
- 17　狮子求亲
- 19　精灵鞋匠
- 20　自私的小蜗牛
- 23　小乌龟的梦
- 28　山中仙女
- 36　遇难的王子
- 41　两只小麻雀
- 44　巫婆的面包屋
- 46　愚蠢的巨人

48 李虎和李豹
51 吉姆的苹果树
54 独来独往的猫
62 可怜的小麻雀
65 乌鸦智斗狐狸
72 漂亮的小偷
77 渔夫和猴子
80 失踪的黄金城
82 吉丽科科拉
89 仙鹤国王
96 谁也看不见的阳台
103 聪明的阿布纳瓦
108 鱼肚中的珍珠
111 磨坊主与驴子
114 狐狸与仙鹤
118 善良的何仙姑

神秘的宫殿

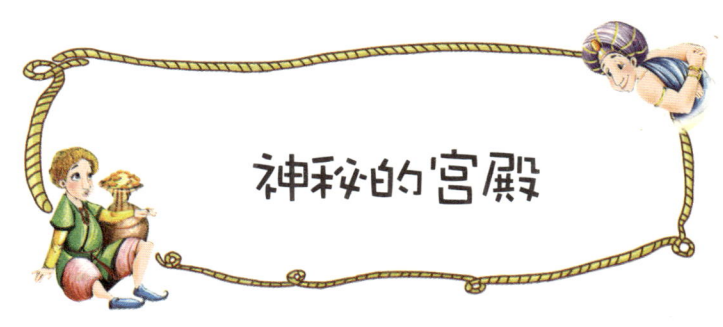

在很久很久以前，有三个年轻人，他们都非常喜欢音乐，并且拜在同一位著名的音乐家的门下，通过勤奋和努力，最后他们成为了著名的小提琴家、长笛演奏家和歌唱家。他们快活地周游世界，用音乐为人们带来了无穷的快乐。

一天，他们来到一座城市，听当地人说，这里有一座神秘的宫殿，从来没有人知道那里的秘密，每个寻找宫殿秘密的人，最终都是失败而返。"哦，那我们一定要进去看看。"对于几个勇敢的年轻人来说，这是生活对他们的一次难得的挑战，于是他们准备轮流进入这座神秘的宫殿，去试一试自己的运气。

第一天晚上，勇敢的提琴手独自走进了那座神秘的宫殿。在那里，他看到了名贵的家具、美味的食物，可是宫殿仍然显得特别冷清，没有生

气。

　　还有一个冷冰冰的矮老头儿，留着长长的胡子。当他和矮老头一起吃饭的时候，老头儿突然跳到他的身上，抽出一根魔鬼棍，对着他一阵猛打，打得他遍体鳞伤，最后还把他丢出了宫殿的大门。但是，提琴手的悲惨遭遇并没有让长笛手胆怯，相反，他更想去看一看宫殿里究竟有着什么样的秘密。

　　第二天晚上，长笛手从容地进入了宫殿，虽然他已经非常的小心，但他还是没有躲过那个矮个子老头的偷袭。当然，他的遭遇不会比提琴手好，当那个矮老头儿把遍体鳞伤的他丢出大门时，天还没有大亮。

　　勇敢的歌唱家并没有被两位伙伴的遭遇吓倒。第三天晚上，他充满信心地告诉他的同伴，一定要在外面等着他的好消息，他一定会揭开宫殿的秘密。歌唱家小心翼翼地进入了宫殿。

　　可是，发生在他同伴身上的故事没有重演，聪明的歌唱家早已多留了一个心眼。在矮老头儿将要跳到他身上的时候，歌唱家猛地站起身来，一把抓住了矮老头儿的胡子，老头儿顿时失去了所有的力量。原来，胡子就是老头儿的秘密。老头儿被年轻人抓住了胡子，只好告诉了他这宫殿的秘密。

　　在这座死气沉沉的宫殿里还有一位沉睡的公主，她被一只可恶的鸟儿控制了灵魂。勇敢而又善良的歌唱家杀死了这只邪恶的小鸟，并用它的心肝救活了沉睡的公主。从此，整个宫殿又恢复了生机和活力。

　　在返回的路途中，狡猾的矮老头儿妄图利用年轻人的麻痹大意，夺回自己的胡子，恢复所有的力量，重新控制这座神秘的宫殿。但是，聪明的歌唱家早已识破了他的诡计，他用一条大河隔开了矮老头儿，并使他的胡子失去了魔力。从此以后，歌唱家和公主结为夫妻，他们在宫殿里快乐地生活着。他们的两个朋友也得到了许多财宝，过着幸福快乐的生活。

火中取栗

　　熊熊的篝火燃烧起来了,砍柴人从口袋里拿出几大把山栗子,一边烤一边吃,吃饱了赶紧起身准备回家去。猴子和山猫闻到山栗的香味,都跑到火堆前来,呵,真幸运,还有好多好多山栗子。猴子口水直淌,巴不得栗子马上到口,可是又怕火烧着它干燥的猴毛,闻着那香喷喷的味道,已经两天没有填饱过肚子的猴子急得围着火堆上蹿下跳。我们知道,猴子可是动物王国里大名鼎鼎的智多星,它眨巴眨巴机灵的眼睛,看看身边年少不知火滋味的山猫,不一会儿,就想出了一个好主意。

　　"哎,老朋友,你如果能勇敢地去火中取山栗,拿出的山栗,我们平分怎么样?"猴子说。

　　山猫眼睛盯着火中的山栗,也没多想就答应了。它伸手去取栗子，每取一个，就被烧去一些毛，疼痛不已。而猴子呢，悠闲地蹲在一旁，山猫取出一个，它便吃一个，待栗子全部取出来时，猴子也已经吃完了，身边只剩下一堆山栗壳。山猫的脚毛全烧完了，正当它忍着皮肉之痛，准备好好享受劳动成果时，却只看到篝火旁的一堆山栗壳。

"不是说好了吗？我取栗，然后我们对半平分。"山猫愤怒地责问猴子。"对啊，一人一半，你吃壳，我吃肉，不正好对半分吗？"狡猾的猴子说。

山猫被猴子的话气得说不出话来。它也没有其他什么办法来对付猴子，只是在心中暗想：明天我就把这件事告诉森林中的小松鼠妹妹、小熊哥哥和小刺猬弟弟们，让他们都提高警惕，千万不能再轻易相信这只狡猾的猴子的话了，以免再上当。

法兰德斯的灵犬

在法兰德斯的一个小村庄里,有一个名叫雷洛的小男孩,他跟爷爷住在一起。爷爷很穷,靠为安特瓦普镇的村民们运送牛奶来维持祖孙两人的生活。

有一天,当他们做完工作之后,正准备早些回家,突然雷洛发现有一只小狗非常痛苦地倒在路边呻吟着。

"好可怜啊!如果没人理它,这样下去它一定会死掉的!让我来帮助它好吗,爷爷?"雷洛一边说,一边用乞求的目光

望着爷爷。爷爷弯下身来，抱起小狗，把它轻轻地放在他们的板车上，带回了家中。

祖孙两人亲自给这只小狗治病，还把他们吃的面包、牛奶拿给它吃。这只狗在他们的精心照顾下，渐渐地长大长壮了。雷洛和爷爷十分喜欢这只小狗。雷洛还给它取了个好听的名字，叫"柏特"。不久，爷爷生了重病，无法干活，只好躺在床上养病。

为了治好爷爷的病，雷洛便和柏特一起去运送牛奶。等工作做完后，雷洛总会到镇上的教堂为爷爷祷告，而柏特总是乖乖地在外面等着。

两个月后，安特瓦普镇要举行一个盛大的绘画比赛。雷洛一面工作，一面学画画。他想拿自己画的画去比赛，争取那些奖金，好为爷爷买药治病。

一天，雷洛做完了工作，在回家的途中，捡到一个可爱的布娃娃。"把这个布娃娃送给好朋友阿萝的话，她一定会很高兴的。"

想到这里，雷洛就跑到阿萝的家门前，小声地叫着："阿萝！阿萝！快打开窗户呀！"

"是谁呀？"阿萝问道。

"我是雷洛，你看，我给你带来了什么？"

阿萝听见雷洛的声音，很快打开了窗户，雷洛便将布娃娃送给了她。阿萝甜甜地笑了。

没想到，雷洛刚走一会儿，阿萝家的仓库竟然发生了大火，村子里的人都纷纷跑过来救火。雷洛听到了这个消息之后也赶过来帮忙。可是，阿萝的父亲一看见雷洛，便很生气地抓住他，破口大骂："你这小子刚才跑到我家附

近，贼头贼脑的，是不是你放的火？快点给我说！"阿萝父亲无理的态度，把雷洛吓得不知道该说什么才好。

"各位，一定是雷洛放的火，请各位以后不要再给他工作了！"阿萝的父亲大声叫道。这件事发生了以后，再也没有人愿意让雷洛运送牛奶了。如此一来，原本就很穷的雷洛，失去了工作，就没有钱买东西了。

圣诞节即将来临了，村子里的人都纷纷准备食物和圣诞节礼物，一片欢乐的景象。然而，可怜的雷洛，没钱买食物，也没钱给爷爷治病，病重的爷爷去世了。雷洛伤心地流着泪，带着柏特，为爷爷挖了一个简单的坟墓，让爷爷安静地躺在地下。埋葬了爷爷后，他连交房租的钱也没有了，只好带柏特离开了那个房子，到大街上流浪。

圣诞节终于到了，这一天也是安特瓦普镇公布绘画大赛结果的日子。雷洛和柏特一大早赶到了会场。他刚走进去，便看到了会场的入口处最醒目的墙上，挂着一幅画，入选的是别人的作品，而并不是他花了好几天工夫才画好的画。

"唉！柏特，看来我真的不行！那作品不是我的！"

雷洛说到这里，眼泪不停地流了下来。他盼望已久，美梦却被无情地打破了。雷洛失望地离开了会场。大雪下了起来，雷洛又饿又累地走在寒冷的街上，柏特也又饿又累，却一步不离地跟在小主人后面。

"汪！汪！"突然间，柏特好像发现什么似的，停了下来。柏特不停地用脚挖着雪堆。

雷洛蹲了下来，从雪堆中发现了一个钱包，他拣起来打开一看："哇！好多钱啊！咦！这皮包上面还写着阿萝父亲的名字。我得赶快把皮包拿去还给人家。"

雷洛加快脚步，向着阿萝家的方向走了过去。他将皮包交给了阿萝的母亲，很有礼貌地对她说："是柏特发现的！请你们给柏特一点食物吃好吗？"说完话以后，雷洛就赶紧跑出去了。

柏特看见雷洛走了，它不顾吃的东西，急忙冲了出去，在风雪之中寻找着他的小主人。

然而，风雪实在是太大了，饥饿的柏特找不到主人，只好跑到教堂去避风雪，在那儿意外地发现了倒在地上的雷洛。

雷洛看见了柏特，轻轻地抚摸着它，高兴地说："柏特，你还是跑来了！你真是我忠实的伙伴！"

柏特低下头，心疼地舔了舔小主人的脸，并且用力拉开了布幔。

这时候月光从窗口照了进来，正巧照在墙上著名绘画大师鲁宾斯的名画上，雷洛看到这幅名画，不禁睁大了眼睛，自言自语地说："那是我长久以来盼望见到的画啊！一定是神听到了我的祷告，特地让我看到的吧！感谢上帝，此刻我觉得非常的幸福！"

雷洛的眼中流下了幸福的眼泪。

第二天早上，人们发现雷洛和柏特静静地躺在教堂的地板上，永远地睡着了。

猴子与螃蟹

一只调皮的小猴子发现了一颗奇怪的种子,它把种子拿在手里看来看去,最后放进嘴里,使劲一咬,硬硬的种子差点硌坏了它的牙齿。

猴子拿着种子,实在不知道该怎么处置它。就在这时候,它看见路上有个大馒头,正在朝这边慢慢儿地滚动。看见那个大馒头,猴子觉得自己的肚子饿极了。它十分高兴地跑了过去,想抓住那个滚动的大馒头。这时,猴子听到馒头后面有个小小的声音:"这是我的馒头!你不可以把它抢走!"猴子仔细一看,原来推动馒头的是螃蟹妈妈。

猴子立刻有了鬼主意。它笑眯眯地说:"这个馒头看起来一点也不好吃,我用一颗神奇的种子和你换馒头,好不好?"

螃蟹妈妈看了看种子说:"不行!这种子太小了,根本不能填饱我和孩子们的肚子!"猴子又说:"螃蟹妈妈,这个馒头吃了就没有了,可是种子种在泥土里就会长成大树,然后会结出很多很多的果子,那样你们全家的生活就不用愁了。"

螃蟹妈妈听了猴子的话,觉得猴子说得很有道理。于是,它就用馒头和猴子换了那颗小小的种子。猴子一拿到馒头,一下子就把馒头吃光了。螃蟹妈妈还不知道自己上了当,它用大钳子夹着种子,小心翼翼地回家了。

螃蟹妈妈回到家后,带领着小螃蟹们,非常小心地把种子埋在泥土里。螃蟹妈妈看着几个饥饿的孩子,就举起自己的大钳子说:"种子,种子,快快发芽吧,不然我就用钳子夹碎你!"

埋在泥土里的种子听了十分害怕,就拼命地生长。不久,种子便冒出绿色的嫩芽。螃蟹妈妈看见种子发芽了,很高兴,于是继续唱:"绿芽绿芽快长高,否则我就用大钳子把你的嫩芽钳掉!"

绿芽听了螃蟹的话,更加努力地生长。不久,便长成一棵好大好高的柿子树。看见绿芽变成了柿子树,小螃蟹们高兴起来。它们围着柿子树跳起了舞,一边跳一边唱:"柿子树,柿子树,快快结果子,不然钳断你!"

很快,柿子树果真结了好多好多的红柿子。小螃蟹们开心极了,因为它们马上就可以吃到香甜的柿子了。

螃蟹们又开始唱:"果子,果子,快点掉下来,不然我们

就钳断大树干！"柿子在树上晃了晃，可是力量太小了，怎么也掉不下来。

小螃蟹们只好站在柿子树下，望着高挂在树上的柿子。正在这个时候，猴子又来了。它看着柿子树上的果实，馋坏了。猴子敏捷地爬到了大树上，开始吃香香甜甜的果子。螃蟹们在树下喊："猴子，猴子，请扔几个柿子给我们吃吧！"

猴子十分小气，它才舍不得把大柿子给螃蟹们吃呢，它把没成熟的青柿子往它们身上砸。螃蟹们十分生气，就把这件事告诉了邻居小蜜蜂。小蜜蜂立刻从巢里赶了过来，蜇得猴子"叽哩哇啦"地乱叫。猴子赶紧说："我现在就把柿子给螃蟹送去，求你不要再蜇我了！"螃蟹们终于也吃上了香甜的大柿子，它们又高兴地唱起了歌。

狮子求亲

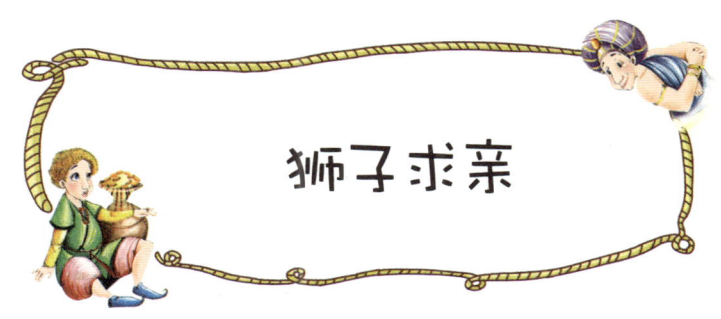

从前,在一个遥远的地方发生了一件不可思议的事情。一头狮子没事做就跑到森林附近的城堡里玩,它看见美丽的公主正在跟一群女仆嘻嘻哈哈地说笑,那声音像鸟鸣,像溪水流淌,婉转动听。狮子一下子就爱上了那个美丽的公主。它发誓哪怕付出生命的代价也要娶公主为妻。于是它派一只信鸽飞到城堡向国王提亲。

"我的女儿怎么可能嫁给可怕的狮子?太荒唐了!"国王看到信发怒了,把信鸽轰出了城堡。

国王的态度更坚定了狮子娶回公主的决心,它又派巧言善辩的狐狸再次向国王求亲。面对死磨难缠的狐狸,国王只好假意说:"我的女儿能嫁给狮王,那是件很

荣幸的事,只是狮王的牙齿太尖利了,会吓坏我的宝贝公主的。"

狐狸把国王的话带给了狮子,狮子一听,高兴极了,忙叫来啄木鸟牙医,啄木鸟哪敢给狮子拔牙?!它叫来了刺猬、老鼠、松鼠……用绳子套在狮子的牙齿上,拔呀拔,好不容易才把狮子的牙齿一颗颗给拔掉了。

狮子迫不及待地跑到国王那儿,希望国王赶快把公主嫁给它。国王左看右看点头说:"很好,很好,只有一点遗憾,就是你的爪子太长了!"于是,狮子回去命令猴大夫用手术刀把爪子给切了。

狮子想,这回国王该没什么可挑的了吧!一定会把公主嫁给我了吧!于是它兴冲冲地跑到国王那儿去,只听国王叫了一声"拿下!"一群士兵活捉了狮子,把它关进了铁笼。最后狮子果真付出了生命的代价,但是却没有得到美丽的公主。

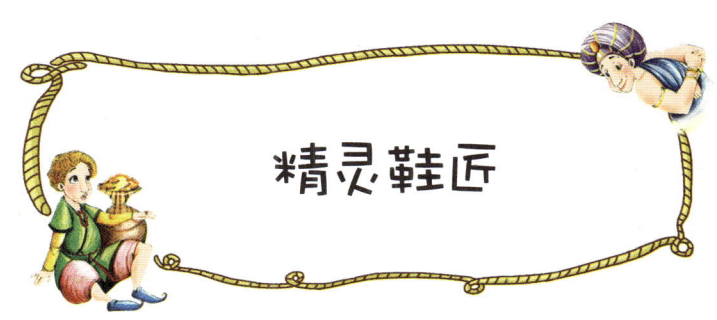

精灵鞋匠

有一个老鞋匠,他专门给住在花里的小精灵做鞋。有一天,玫瑰花精灵专程来找老鞋匠:"您好,亲爱的老鞋匠。我想做一双栗子皮鞋。"老鞋匠想了想说:"用栗子皮做鞋的人很少,栗子皮并不是合适的做鞋材料。但如果你真的想要,我还是可以想想办法。"听了这话,玫瑰花精灵高兴地行了个礼。

老鞋匠把栗子皮剥了下来,放在沸水里煮了一会儿,然后捞出来在阳光下暴晒。经过几天的等待,栗子皮变软了,可以做鞋啦!

老鞋匠把栗子皮变成了灵巧的鞋子,玫瑰花精灵一穿,可真合脚呀!

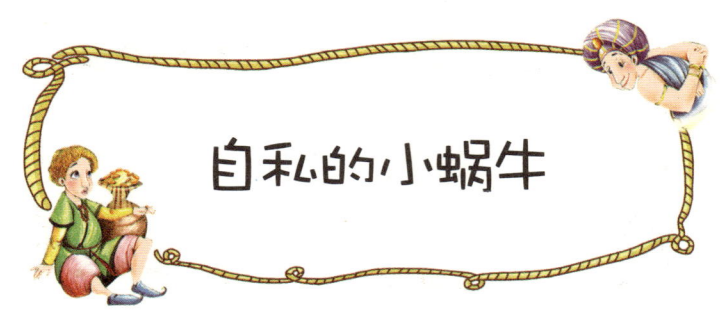

自私的小蜗牛

很早很早以前，小蜗牛走路像蟑螂一样快。可现在呢，慢腾腾的，背着一个蜗牛壳，半天爬不出一寸远，这是怎么回事呢？事情是这样的：

一天，突然下大雨了，来不及躲雨的蝴蝶、蜜蜂、毛毛虫都淋得一身透湿，蜗牛赶紧爬进自己的家，把头一缩，躲在屋里睡觉了。大雨把一只蜻蜓打落在蜗牛家门口，蜻蜓哀求说："好兄弟，让我进屋躲一躲吧，大雨快把我淹死了。"小蜗牛伸出两根触角，不高兴地说："我的屋子只够我自己住，快走开，我还要睡觉呢！"蜻蜓只好可怜兮兮地走开了，刚刚张开翅膀，一阵好大好大的雨，把它打伤了。

　　一只可爱的白蝴蝶,它的翅膀给雨淋坏了,挣扎着在小蜗牛的门外喊叫:"好朋友,雨太大了,开开门吧,我快淋死了!"小蜗牛蒙着被子睡大觉,爱理不理地说:"你自己想法子吧,我的屋子就这么小,你进来了我可怎么办?"白蝴蝶一听,伤心极了,一头冲进大雨里,很快昏死过去。

　　一只红蚂蚁在水面上漂着,经过小蜗牛的家,蚂蚁一把拉住蜗牛的门环,气喘吁吁地哀求说:"蜗牛哥哥,让我进屋躲一躲吧,大雨要把我冲走了。"蜗牛慢腾腾伸出两根触角,粗声粗气说:"我的屋子谁也不让进,快滚开。"红蚂蚁只好走了,刚一松手,就被哗啦啦的大雨冲到河里去了。

　　最后,一只出去采花蜜的小蜜蜂也被暴风雨吹落在小蜗牛的屋檐下,它用湿淋淋的小翅膀拍打着窗户哭着说:"我的身体小,占不了多大的地方,蜗牛大哥,你就让我进屋在您的窗户下避避雨吧！明天我会采最香甜的花蜜来感谢您的。"蜗牛刷地一声拉上了厚厚的窗帘，不耐烦地吼道："你们一个个的别再嚷嚷了，都说了谁也不许进我的屋子，我的好梦全被你们打搅了！"

不一会儿，雨停了，太阳公公笑嘻嘻地露出了红彤彤的脸，小蜗牛伸了伸懒腰，摸摸肚子："噢，有点饿了呢。"走出屋子，想去找点吃的，走了两步，回头看看自己的房子，忍不住感叹道："啊，好漂亮的屋子呀，还有一圈圈的花纹。"

小蜗牛心想："哼，就是因为我有这么漂亮的房子，所以那些家伙老是想来占用，要是我出去找吃的，它们会不会悄悄住进来呢，不行，还是把房子背在背上保险一点。绝对不能让它们偷偷住进来。"

就这样，自私的小蜗牛不管到哪儿，不管是天晴下雨，都把房子背在身上，即使压得它气喘吁吁，它也还是舍不得放下来。半天走不了一寸远，它成了一只行动最慢的动物。

小乌龟的梦

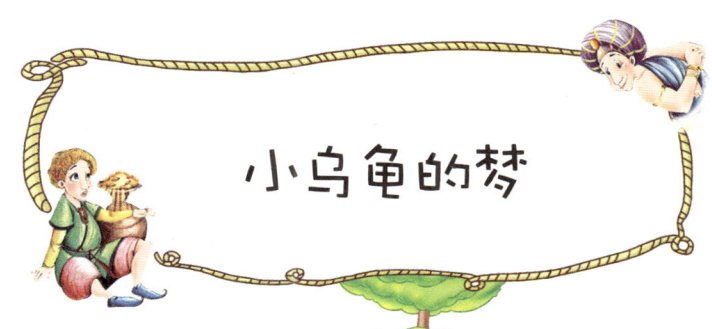

从前，有一只可爱的小乌龟，最喜欢在天晴的时候爬到石头上，一边晒太阳，一边观看别的动物做游戏。

有一天，当小乌龟爬到大石头上享受阳光的温暖时，一只小羚羊跑过来了，一会儿，一只狐狸也跑过来。原来，狐狸和羚羊正在捉迷藏，羚羊跑，狐狸追，玩得非常开心！小乌龟想："要是我能像它们一样奔跑，那该有多好。可是，我背上的甲壳太重了，压得我想跑也跑不动。"

　　小乌龟看到前面的几棵树上，一只猴子跳过来跳过去。一会儿爬到这棵树上，一会儿跳到那棵树上，那么轻松，那么舒展。小乌龟想："要是我能像那只猴子一样爬到树上，那该有多好啊！我就能看得远远的。"可是乌龟不会爬树。

　　在树上跳来跳去的猴子，把一只小鸟吓了一跳，小鸟飞了，从树上飞向天空，又从天空飞到大石头上，小鸟对小乌龟说："那猴子多讨厌，一会儿也不安静，不停地跳，把我吵死了。"

　　小乌龟想："要是我能像小鸟一样飞该有多好啊！能在天空中自由翱翔。"

　　这时，一只小白兔蹦蹦跳跳地过来了。"小乌龟，你在想什么呀？"小白兔问。

　　小乌龟一看，原来是只小白兔。可这只小白兔太特别了，它从来没见过。白兔的眼里闪着金光，手里还拿着一只金色的棒子像乐队的指挥一样，白色的皮毛银光闪闪，闪得人眼睛都睁不开。"我是一只神兔。我能满足人们的愿望。"小白兔说。

"真的？"小乌龟感到好运降临了。

"不过，我每天只选择一个动物，满足它的两个半愿望。"小白兔说。

"你能选中我吗？"小乌龟问。

"当然。我今天就是选中了你，才来到你的身旁的。"

"那太好了！"小乌龟连忙说，"我希望我背上没有壳。"

"这好办。"只见小白兔像魔术师一样，把手中的金棒在小乌龟的背上挥舞了两下，小乌龟背上的壳果真不见了。

小乌龟顿时觉得轻松了许多，它从大石头上跳下来，跑了跑，还真行，比以前跑得快了许多。它想："我马上就可以和狐狸、羚羊比赛跑步了。"

突然，小乌龟又看见天空飞翔的小鸟，于是，它对小白兔说："我还想能飞。"

小白兔又将金棒在它身上挥舞了两下，嘿！小乌龟立即长出了一对翅膀。你瞧，它有多高兴啊，它向天空中飞去，在空中追逐小鸟，它飞呀飞呀，地上的树在动，天上的云在跑，再看看小白兔，只有一丁点大。

整整一天，小乌龟在地上跑呀跑，在空中飞呀飞，在树上歇一歇，度过了愉快的一天。

夜幕降临了，小乌龟也累了。可是当它回到家里时，发现狐狸已经把它的家占领了。原来，狐狸在报复它，在白天的比赛中，一只小乌龟居然比狐狸跑得快。草地上的家没有了，小乌龟被赶到河里，河水真冷啊，但没了壳，小乌龟又不敢爬到岸上来，它要凭壳保护自己呀。

天越来越黑，黑得什么也看不见。小乌龟浑身哆嗦，它开始想念它的壳了。要是壳还在背上，既不会这么冷，还能爬到岸上去。

"神兔！神兔！"小乌龟想起了小白兔。它知道，只有求它帮忙了。

小白兔站在河边，它对小乌龟说："你只剩下半个愿望了，如果你希望重新长出壳来，也只能长出半个壳了。"

小乌龟一听，就哭起来了。背上只能有半个壳，那怎么行呢？它后悔了，后悔自己多傻，怎么会想到又要跑得快又要能飞呢？它说："神兔，我求求你，我现在最需要的就是得到一个完整的壳，恢复我原来的样子。"

小白兔说："我只能给你半个愿望了。但是你动脑筋想想，还是可以得到一个完整的壳的。"

小乌龟在水中游来游去，它想啊想，想了整整一夜。终于，小乌龟想出了用半个愿望能得到整个壳的主意。太阳升起来了。神兔来到小乌龟身旁，小乌龟对小白兔说："我希望要两个跟我的旧壳一模一样的壳。"小乌龟果真实现了它最后半个愿望，得到了一个漂亮的壳。

山中仙女

以前，印度王宫里有一个国王，他有一个非常漂亮的养女叫哈尔。国王有三个儿子，大儿子叫哈桑，二儿子叫阿里，三儿子叫阿蜜罗，这三个王子都很想娶哈尔为妻，因此国王感到非常为难。

一天，一个大臣向他建议说，让三个王子去周游世界，一年以后，谁能带回最神奇、最有用的东西献给哈尔，谁就可以迎娶她。国王听了，立即将三个儿子叫到身边，把大臣的话原原本本地给他们说了一遍。

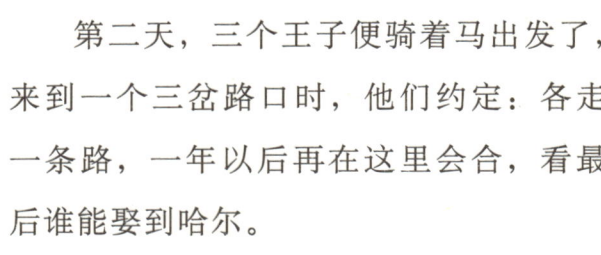

第二天，三个王子便骑着马出发了，来到一个三岔路口时，他们约定：各走一条路，一年以后再在这里会合，看最后谁能娶到哈尔。

先说大王子哈桑，他来到一个市场，发现一条神奇的地毯，只要在心里默念自己要去的地方，它就会马上带你前去。哈桑十分高兴，马上花高价将它买下来，然后坐上地毯率先回到了三岔路口，等待两个弟弟归来。

二王子阿里经过长途跋涉，来到了波斯王国。当他在路过海岸的时候，发现许多人正围着一个商人在议论纷纷，感到非常好奇，便从马上跳了下来，想过去看个究竟。

走近一看，才知道那个商人正在向众人展示他的象牙望远镜。据商人说，只要拥有了这象牙望远镜，想看多远就可以看多远，想看什么就可以看什么。阿里王子心想："这样的宝贝，不正是我所苦苦寻觅的东西吗？如果把它带回家，哈尔一定会很高兴的。"

想到这里，阿里立即从商人手里买了过来，用它对着远处的海岸望去，果然是件宝贝，连对岸上的蚂蚁都能看得清清楚楚。这下，二王子阿里可高兴了，他小心翼翼地将象牙望远镜收好，骑着

马欢欢喜喜地回到了岔路口。

最后来说说小王子阿蜜罗，他和两个哥哥分手后，就来到了埃及。可埃及这个地方到处是沙漠，除了高大的金字塔外，再难找到其他东西了，寻找宝贝更是不容易。而阿蜜罗却没有放弃，依然在埃及各地寻找，他相信在古老神秘的埃及一定能找到最神奇、最有用的宝贝的。

一天，他看到一个枯瘦如柴的乞丐倒在路旁，奄奄一息地快要死了。阿蜜罗非常同情他，立即上前将乞丐扶起来，将水囊打开喂他水喝，乞丐这才慢慢苏醒过来，阿蜜罗又给他干粮吃。乞丐非常感激阿蜜罗王子的救命之恩，当他知道阿蜜罗正在寻找一件宝贝，就从口袋里拿出一个干瘪瘪的苹果送给他，说只要让病人闻一闻它，病人的病立即就会好。说完，乞丐就不见了。阿蜜罗见是神仙送的礼物，兴奋极了，立即返回到三岔路口。

此时，三个兄弟全部聚集到了一起，大王子哈桑提议将各自的宝贝拿出来比试比试，当阿里拿出象牙望远镜看哈尔的时候，突然大叫起来。因为他从望远镜里看到哈尔病得快要死了。于是三个王子连忙坐上哈桑的地毯，飞回到了王宫。紧接着，阿蜜罗赶到哈尔的身边，将那个干瘪瘪的苹果放到她的鼻子旁，不一会儿，哈尔的病就好了。

第二天，三个王子兴高采烈地来到了国王的宫殿，个个都对自己的宝贝充满了信心，要求国王做出最后的裁决。

国王和大臣们经过三天三夜的激烈讨论，却还是不能确定哈尔到底应该嫁给谁才好。因为这三件宝贝都很神奇，都很有用。

最后，一个大臣向国王建议说："举行一次射箭比赛，谁的箭射得最远，谁就娶哈尔为妻。"

国王听了，笑着点了点头，对三个王子说："那你们就先回去准备吧，明天正式比赛。"

第二天，三个王子背着弓，挎上箭早早来到了比赛地点。第

　　一个是哈桑，他把箭射到一棵很远的大树上；第二个是阿里，他的箭更远一些，落到了那棵大树后的草丛里。轮到阿蜜罗上场了，他用尽全力将弓拉开，一箭射了出去。可奇怪的是：士兵们在大树的附近没有找到他的箭。

　　最后，国王对三个王子宣布道："由于找不到阿蜜罗的箭，哈尔应该嫁给阿里。"阿蜜罗听了，心里又急又感到奇怪，他决心去把箭找回来，搞清楚其中的原因。于是阿蜜罗便来到大树周围仔细搜索起来，伏在地上，扒开草丛一寸一寸地查看，可就是找不着。阿蜜罗又骑上快马朝箭射出去的方向前进，终于在一座高山的石壁上找到了那支箭。

阿蜜罗感到十分惊讶，心想："它怎么会跑到这么远的石壁上呢？"他走上前费了好大的劲才把它从石壁里拔出来。

就在这时，石壁从拔箭的地方裂成了两半，过了一会儿，竟有一个美丽动人的姑娘走了出来，原来这位姑娘就是传说中的山中仙女，她很早就爱上了阿蜜罗，正是她用箭将阿蜜罗引到这里来的。阿蜜罗见了她，很快也爱上了她，并和她结了婚，成了夫妻，过上了幸福的生活。

半年后，阿蜜罗开始想念起远方的家人了，决定回家看看。临走时，山中仙女告诉他说："不要把我和这个地方告诉任何人，否则就会有麻烦的。"

由于阿蜜罗回家心切，并没有留意山中仙女的嘱咐。他回到王宫和父王交谈的时候，将这一切都告诉了他。

国王听说阿蜜罗娶了山中仙女为妻，便对他说："既然你的妻子是个仙女，那可不可以叫她送我一瓶能长生不老的生命泉水呢？"

阿蜜罗答应了父王的请求，回去告诉了山中仙女。仙女听了，

伤心地哭着说:"我可以为国王取到那生命泉水,但这样我们以后就永远不能在一起了。"

阿蜜罗非常懊悔,却又不敢背弃对父王所作的承诺,便抱住山中仙女痛哭起来。

几天后,山中仙女便告别了阿蜜罗,踏上了为国王取生命泉水的路。

在历经种种磨难后,她终于来到了神潭。当她正要将生命泉水装进瓶子里的时候,却不小心被看守在那里的四头狮子发现了,狮子凶猛地向她扑了过来。山中仙女早有准备,立即从口袋里拿出四块羊肉扔给了狮子,狮子见有羊肉吃,便不再追赶她了。

三天后,她回到了阿蜜罗身边,将生命泉水交给了他,并叫他赶紧给国王送去。阿蜜罗刚走几步,突然从山腰传来一阵"轰隆隆"的巨响,整座山都开始摇晃起来。只见从山谷中的尘埃里走来一个巨人,他就是山中仙女的哥哥。

据说,山中仙女是天神的女儿,由于她厌倦了天上的枯燥生活,便背着父亲偷偷来到了人间，躲进了山石中，让天神无法寻找，可她要为国王取生命泉水，就不得不出来。当天神发现了她以后，就特意派她的哥哥将她带回到天上去。

此时的阿蜜罗看到山中仙女被巨人带走了，连忙向山上追去，站在山顶上望着山中仙女的身影，久久不愿离去。慢慢地，他的脚再也不能移动了，化成了一座石像永远守候在那里，期待有一天能和山中仙女重逢。他手中的生命泉水从瓶子里倒了出来，渐渐成了一条小溪，至今仍在流淌。

遇难的王子

很久以前,在古印度有一个著名的国王,他就是英雄海曼加。当时他统治着印度的南面。海曼加有两个儿子:大儿子叫图力,小儿子叫巴散塔。

有一天,他们的母亲安娜突然得了一种怪病去世了。不久,海曼加又娶了一个妻子来做王后,渐渐地,他开始和两个儿子疏远了。当新王后为他生了个儿子后,他脑子里就只有新王后和才出世的儿子,根本不在乎图力和巴散塔了。

随着那个孩子一天天地长大,新王后却开始忧郁起来,因为图力和巴散塔一天不死,她的儿子就永远不可能登上王位,

当上国王。于是,她就卧床不起,假装生病,还故作非常痛苦的样子,想以此唤起国王的怜悯。并且让自己的医生告诉国王说,必须要用图力和巴散塔的血给自己洗澡才能好。

国王知道后,着急得不得了。但再凶残的老虎也不会吃掉自己的孩子,所以国王左右为难。毒辣的新王后步步紧逼,不肯放过他们,还威胁国王说,假如不能得到图力和巴散塔的血,就立即去死。

万般无奈的国王只好狠了狠心,命令士兵去杀死自己的两个儿子。临刑时,士兵很同情图力和巴散塔,便背着国王和新王后将他们放走了,并叮嘱他们躲进森林里。

图力和巴散塔在森林里走了三天三夜,又饿又累,弟弟巴散塔实在是走不动了,便坐到地上休息,哥哥图力趁这个机会,急忙去摘果子回来给他吃。可图力沿着小溪走了好远好远,也不见有什么可以吃的东西。于是,他决定立即返回。就在这时,从小溪的对面缓缓走来了一头大象。当它来到图力面前的时候,用鼻子一下子将图力送到了背上,不一会儿,便驮着他来到了一个新的王国。

进入宫殿后,一群大臣模样的人出来向他鞠躬致意,并宣布图力为这个地方的新国王。原来这个王国有个古怪的规矩:如果上一任国王死了,他们就派已故国王指认的大象去寻找人选,谁被大象驮回来,谁就是新的国王。于是,图力就这样幸运地当上了国王。

第二天,他便派人去寻找弟弟巴散塔,可惜巴散塔已经不在原来那个地方了。巴散塔到底去了哪里呢?原来他见哥哥没有回来,就去寻找。谁知,越走越远,很快就在森林里迷了路。最后,他竟来到了大海边,被一个好心的老船工带上了货船,做了水手。

一天,货船来到了一座繁华的城市,这里的国王正在招婿,只要公主喜欢谁,谁就可以做驸马。巴散塔觉得很新奇,决定去试试。当他走到公主面前时,公主立即被他吸引了,便把绣球抛给了他。国王知道他是个穷水手后,虽然很不乐意,但又怕因为违背自己的誓

言而失去民心，只好答应了。

几天后，船长知道了巴散塔娶了漂亮的公主，非常嫉妒。他趁巴散塔熟睡后，偷偷潜入进去，将巴散塔扔进了海里，强迫公主嫁给自己，可公主誓死不从，船长只好把公主放走了。

巴散塔掉进大海后，惊醒过来，便游到了一个附近的岛屿上。这个岛屿十分荒凉，到处是厚厚的沙子和光秃秃的石头，一点生气都没有。可就在这种地方，他居然发现远处有一间破旧的茅草屋。饥饿难忍的巴散塔见了，急忙跑过去，看能不能向主人讨点吃的。

进了屋子，一个老人正呆呆地坐在那里，他看到巴散塔，又是惊奇又是高兴，连忙拿出一些简单的食物给巴散塔充饥。之后，他不解地问："孩子，你是谁？怎么会来这个连鸟都不住的海岛呢？"

巴散塔回答说："我是海曼加国王的儿子巴散塔……"

没等他说完，老人立即叫了起来："你为什么撒谎？要知道图力和巴散塔在几年前就已经被我派人杀死了。"当巴散塔知道他就是狠毒的父亲时，吓得转身就跑。

国王立即追了上去，将他拦住，哭着向他诉说道："自从你们走后，新王后和她生的儿子就都死了，只剩下了我一个人在王宫里，我对以前的过错感到非常懊悔和难过。为了惩罚我自己，我便来到了这个荒岛上，希望自己的良心能好受些。"

巴散塔听了，感动得痛哭起来。最后，他原谅了父亲，决定一起去找哥哥图力。

经过几天的路途，他们来到了公主所在的国家，几番打听，一个路人告诉他们，公主已经去了另一个国家，并且当上了国王的园丁，其实路人所说的那个国王就是图力。

当他们来到了图力的王宫，知道图力就是国王的时候，他们父子三人紧紧地抱在了一起，重新合好了。而巴散塔和妻子也如愿以偿地团聚了。

几天后，海曼加和巴散塔搭乘一条大船回到了自己的国家。海曼加国王把王位传给了巴散塔。

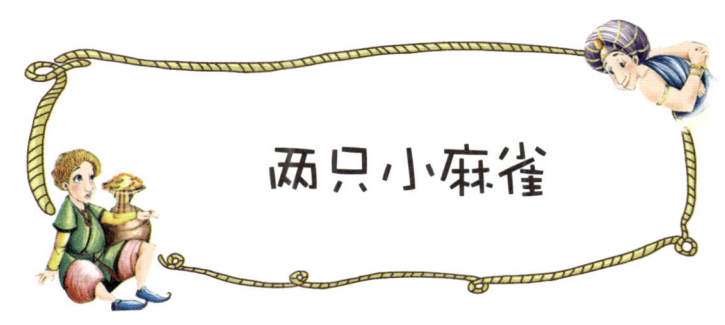

两只小麻雀

麻雀妈妈有两个孩子，一个叫唧唧，另一个叫喳喳。它们一天到晚吵个不停。有一天，它们为了争吃一条小青虫，唧唧啄光了喳喳脑袋上的毛，喳喳用爪子抓伤了唧唧的翅膀，然后它们都跑到妈妈那儿去告状：

"妈妈，它啄我！"

"妈妈，它抓我！"

麻雀妈妈被它们吵晕了头，无可奈何地说："又来了，又来了！你们这两个小家伙，什么时候才安静得下来。"麻雀妈妈实在受不了了，决定让它们分开住。她在森林里找到了两棵挨得很近的树，在树上安了两个鸟窝，一个唧唧住，另一个喳喳住。它们在住上去之前还在吵架："哼，我再也不跟你玩了！"唧唧说。

"谁想和你玩呀？想得美！"喳喳说。

住在不远处的麻雀妈妈每天给两个孩子叼来虫子。由于两个孩子分开住，她得每天跑两趟才可以把食物送到它们的口里。它们一分开，就没有机会吵架了，森林里安静了下来。一安静，时间过得特别慢，两只麻雀都闷得慌，慢慢地，就怀念起以前的日子来：一起等妈妈回来；一起睡觉；一起学飞的本领；一起吵架。

有一天夜里，它们都在各自的窝里同时流下了眼泪。清晨，唧唧和喳喳都感到难过，就跳出了窝，想对谁说说话，结果它们遇见了对方。

"嘿，好久没见你了！"唧唧说。

"是啊，好久没见了！"喳喳说。

"昨晚我梦见我们妈妈了。"唧唧说。

"我也梦见我们妈妈了,可是她瘦了。她为了我们俩一天得飞两趟。"喳喳说。

"昨晚我听见我住的这棵树在和你的那棵树说话。"唧唧说。

"我也听见了。它们多相爱啊!它们都是从同一个根长起来的。"喳喳说。

"就像我们是同一个妈妈生的。"唧唧说。

"我想你!"喳喳说。

"我也想你!"唧唧说。

唧唧、喳喳一下子说了好多话,心里都愉快多了。妈妈飞来了。嘴里叼着一条长长的蚯蚓。唧唧啄头,喳喳啄尾,吃着吃着,它们的头碰在一起。喳喳趁机跳进了唧唧的窝里,两个小家伙嘻嘻哈哈地滚在一起。妈妈看着,抹着泪笑了。

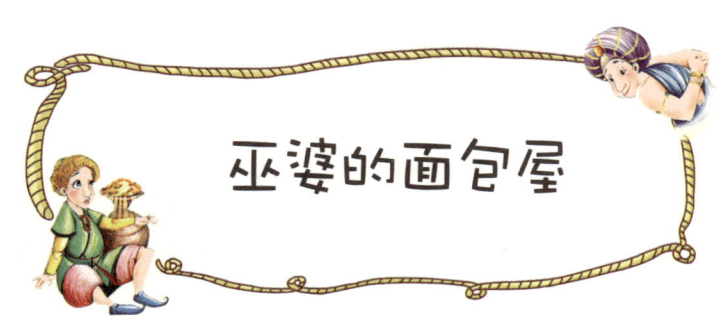

巫婆的面包屋

森林旁住着兄妹俩，他们爱到森林里去玩，常常很晚才回家。一天，兄妹俩又到森林里去了。哥哥把随身带的面包撕碎一路，扔在路上做标记。可是小鸟把面包屑全给吃了，回家的路上找不到面包屑，兄妹俩迷路了。他们在森林里乱转，走到天亮还是找不到方向。

"两个小家伙，胆敢来偷吃我的面包。"老巫婆哑着嗓子说，把哥哥关进了铁屋子里，每天给他吃好东西，想把哥哥养胖了煮着吃。老巫婆让妹妹做她的女仆，干完所有的家务活以后才能睡觉。

每隔一周，老巫婆都要命令哥哥从铁屋子里伸出手来，看他是不是长胖了。聪明的哥哥每次都递给她一根木柴。巫婆的眼睛不好，只当是哥哥越长越瘦了。

一转眼四个月过去了，老巫婆实在没耐心了，决定不管哥哥有多瘦，干脆把他熬汤喝了，省得每天去饲喂他。她大声命令妹妹挑水烧柴，烹煮哥哥。妹妹假装顺从照办，等炉火烧旺的时候，巫婆命令妹妹看看炉火烧得怎么样了。妹妹机智地说："炉火烧得挺旺呀，不信你去瞧一瞧！"老巫婆不相信，把头伸进炉火门，妹妹趁机对着她屁股使劲一踢，老巫婆没提防，一个跟头栽进炉子里烧死了。妹妹砸开铁屋，救出了哥哥。

兄妹俩沿着小河走，找到了回家的路，但要渡过一条河。一只善良的白天鹅请他们骑在它的背上，然后游了过去。兄妹俩欢欢喜喜地回了家。

愚蠢的巨人

小裁缝正在缝衣服,准备缝完手里的衣服吃一块抹了蜂蜜的面包。苍蝇飞来叮在面包上,小裁缝很生气,他抓起一块布,用力一拍,一下子打死了七只苍蝇,然后在一条金黄色的绸带上绣了一行字:"一下打死七个"。

小裁缝身挂绸带,顿时觉得自己像得胜的英雄,他决定去周游世界。临走前,他找到一块奶酪,放在口袋里,又向屋檐下的燕子妈妈要了一只燕子,放进另一个口袋里。路上一个巨人看到小裁缝的身上有"一下打死七个"几个字,以为一下打死七个人,便提出比一比谁的本领大。巨人抓起一块大石头,捏成几块,小裁缝从口袋里掏出奶酪,轻轻一捏,捏得粉碎。巨人捡起一块石头,使劲往天上一扔,扔得老高,小裁缝从口袋里掏出小燕子，轻轻一抛，小燕子飞向了天空回家了，巨人见状，吓得跪下求饶。

国王听说了小裁缝的本领，就请他帮助杀死两个作恶的巨人，小裁缝毫不犹豫地答应了。

他一个人来到巨人住的山洞里，看见两个巨人正在睡觉，就爬上树，用石头砸这个巨人，又砸另外那个巨人，两个巨人误认为是对方在打自己，就对骂并打起来，最后滚到山崖下摔死了。国王高兴极了，两个巨人终于死了，以后他们就不会再危害百姓了。国王把小裁缝请进宫里为他庆功设宴，宴会上，公主一下子就爱上了这个聪明勇敢的小裁缝，国王马上把庆功宴改成婚宴，为他们举行了隆重的婚礼。

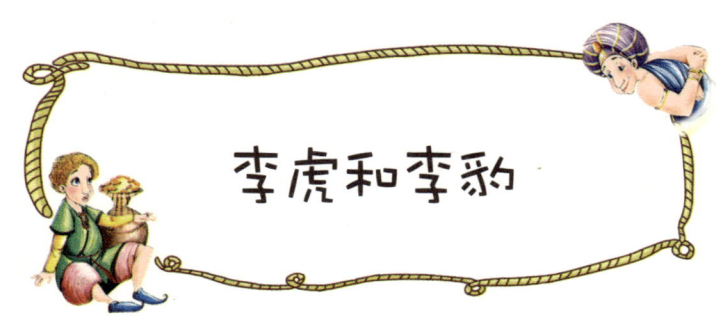

李虎和李豹

从前,有一对勤劳的夫妇,靠种地为生。他们有两个儿子,一个叫李虎,一个叫李豹。

有一年,天遇大旱,田地得不到雨水的滋润,庄稼全死了。年老的夫妇每天祈求降雨,雨还是没降下来。他们听说在九十九座山的那边,有一头金鹿会降雨,就派两个儿子每人佩上一把剑出发去寻找金鹿。

李虎、李豹翻过了三十三座山,脚底都磨出泡了。李豹说:"哥,回去吧,太苦了,再翻六十六座山,还不一定找得到呢!"

"要坚持啊！"李虎鼓励弟弟。

他们来到一个岔路口，路口上有一个木牌，上面写道：

"东面荆棘路，西面金银路。"

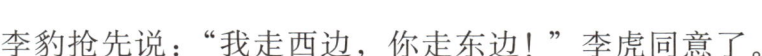

李豹抢先说："我走西边，你走东边！"李虎同意了。

李豹走了一二里，一条铺满金银的路出现在他面前。"金子！银子！我发财了，哈哈！"李豹拾了许多金子、银子，装了满满一口袋，又把裤管下端扎紧，装满两裤管。沉甸甸的金子、银子拖得他走得很慢很慢，他口渴了，嗓子冒烟，可是这条路除了金子银子，一滴水也没有。

再说李虎呢，他踏上了一条艰辛的路，一会儿是悬崖，一会儿是大河。他刚攀上悬崖，一只猛虎就扑向了他。李虎拿出短剑刺进老虎的咽喉，老虎死了。他刚过了一条河，一条巨蟒张开血盆大口正等着猎物。李虎把剑尖对准大蟒的心脏部位，用力刺去，巨蟒死了。李虎从巨蟒身上踏了过去。

李虎自己也不知道走了多久，终于翻过了第九十九座大山。一片青草地出现在勇敢的李虎面前，一只金鹿正眨巴着大眼睛看着他，还开口说话："你们那儿遭旱灾了吧！我跟你去降雨吧！"

李虎骑在金鹿身上回到家乡。

金鹿对着天空长鸣三声：第一声，乌云密布；第二声，电闪雷鸣；第三声，一场大雨降了下来。灾难过去了。

不久，人们在那条布满金银的路上发现了李豹，他已经死了，他是渴死的。人们还发现，他双手紧紧抓住金子、银子，两条裤管里塞满沉甸甸的金银财宝。

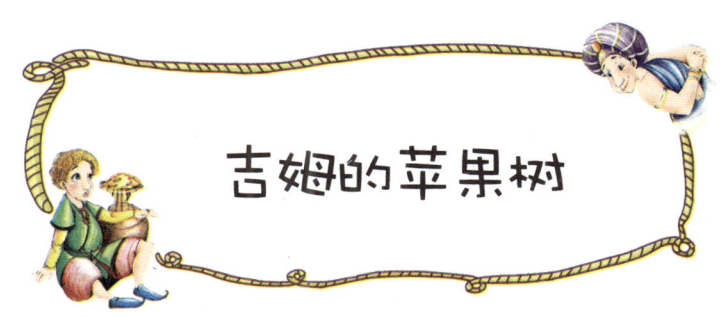

吉姆的苹果树

一天中午,小男孩吉姆坐在门槛上吃着妈妈烤的香甜的面包,看见一只翠绿色的小鸟从天空飞下来,嘴上叼着一粒种子。那小鸟在他面前跳来跳去,唱歌似地说:"我饿了!我饿了!"吉姆马上把面包揉成碎屑,很有耐心地喂给小鸟吃,小鸟把从遥远国度叼来的种子放在吉姆的手心里,吃完面包飞走了。

这真是一个意外的收获!吉姆蹦跳着跑回家把种子拿给妈妈看,并把事情的整个经过讲给妈妈听,妈妈说:"说不定这鸟儿会给我们带来好运!"妈妈叫吉姆把种子种进自家地里,十多天后,小苗长出来了——是一棵苹果树。

秋天，苹果树结满又红又香的苹果，吉姆一家从来没吃过这么好吃的苹果。他们把所有苹果籽收集起来，第二年春天全部种进地里。

自然地，吉姆有了一个苹果园。秋天又到了，苹果园丰收了。吉姆把一半苹果留下来，另一半送给亲人们和邻居们。大家吃了都说："也许连国王也没尝过这么可口的苹果。""那我就送一筐给国王尝尝吧！"吉姆这样一想，就给国王送去了一筐苹果。

国王很喜欢吉姆的苹果，也喜欢上了吉姆。

国王把吉姆请进了王宫。

吉姆第一次看见这么豪华的宫殿：高大光洁的大理石廊柱，到处陈设着镶金嵌银的工艺品，一条红色的纯毛地毯从门口铺到国王的宝座。

"亲爱的吉姆,你很忠心,我已经下令奖赏你,你喜欢王宫里什么东西就提出来吧!""谢谢国王!我想要三件东西:喷壶、斧子和一个金币。""王宫里有那么多奇珍异宝,你为什么只取这三件呢?"国王好奇地问。"斧子能给苹果树修枝,喷壶可以给苹果树浇水,而我送给你的那些苹果刚好值一个金币。"吉姆解释说。

国王从来没有见过像吉姆这样忠心而又不贪财的人,心里很感动。以前下令奖赏时,受奖人都贪得无厌。其实,国王想在受奖人中寻找一个能为他管理金库的人,自然地,国王任命吉姆为管理金库的大臣了。

独来独往的猫

森林里有一只独来独往的猫,对谁都不怎么搭理。当然,谁也不理睬它,除了住在它家旁边的狗。

森林附近的山洞里住着一对年轻的夫妻,他们在洞口挂了一张野马皮当门帘,这样外面就看不到里面了。这个家虽然简陋,但很干净,还非常的温暖。

白天,男人就到森林里去打猎,寻找食物。女人就在家里收拾家务、缝补衣物。晚上,男人带着猎物回家,女人就开始忙着做饭。

他们还不知道在山洞外，几个动物一直在悄悄地观察着他们呢。马说："你们看见那可怕的光了吗？"

狗汪汪地叫了起来，说："也许我们应该过去看一看。我觉得他们似乎很喜欢那光呢！猫，你也要过去吗？"狗扭头问旁边的猫。

猫"喵喵"叫了一声，懒懒地说："我为什么要和你们一起去？那我就不是独来独往的猫了。"

狗不高兴了，认为猫太高傲了，有些瞧不起自己，它气呼呼地说："那我自己去好了，等我以后住在山洞里过上好日子的时候，你可不要羡慕我。"说完，就自己向山洞走了过去。

可是等狗一走，猫就悄悄地跟在了后面，想看看狗会遇到什么。

狗来到了山洞前，向正好走出来的女人不停地摇着尾巴。女人随口问："狗，你在这里做什么？"狗大声叫了几下。

女人忽然想到了什么，从家里拿了根肉骨头出来，笑了笑说："是不是也想尝尝这个的好味道？"于是，她把骨头丢到了狗的面前。

狗高兴地啃了起来，它真想永远都能吃到这样的肉骨头。

女人露出了微笑，说："味道不错，是吧？只要你愿意留下来，每天和男主人上山打猎，我就可以让你每天都有肉骨头吃。"狗想也没想就答应了，和女人一起钻进了山洞。

这时候，男人也发现了狗。他的妻子笑着说："它已经是我们家庭的一员了，以后它每天会和你一起上山打猎，帮你追赶其他动物的。"男人非常满意多了一个帮手。

第二天晚上，动物们又凑到了一起，开始了旧话题的讨论。马说："狗去了山洞怎么就不回来了呢？难道它真的过上了好日子？"猫是知道原因的，可它什么也懒得说，只在一边缩着。

马对其他动物说："我得去看一看。"猫又一次好奇地跟了上去，因为它的脚步太轻了，谁也没有发现它。它仍然在离洞比较远的地方停了下来。它听见女人问马："你来做什么？"

马老实地回答:"我来找我的朋友狗。"

女人说:"它在这里很好,有吃有喝的。我也愿意每天给你提供美味的干草。而你唯一要做的只是帮我们驮一点东西什么的。"

马根本就没有听清女人后面的话,只想着那些美味的干草,于是也答应了。

"啊,看来马的确是四肢发达头脑简单的动物啊,真够笨的。"猫心想。

第三天,母牛也来到了山洞口。它和它的那些朋友一样,用甜美的牛奶换来了女人提供的一日三餐。第四天,猫也终于忍不住来到了洞口。但是它仍然决定维护一下自己的骄傲。

女人问:"我早就听说过你了,你是独来独往的猫,是吗?你为什么今天才来呢?"

猫说:"我为什么要和那些笨蛋一样成为你的奴隶呢?"

女人笑了:"你也不用担心,我并不喜欢你,不会让你到我家来的。只要你能让我赞美你一句,你就可以住在我们的山洞里,过上好一点的生活。但我一个字也不会夸奖你的。"

猫追问:"那么两句呢?"

女人把头一偏说:"那不可能。如果真是这样,你就可以躺在篝火边取暖,不必受冻。"

猫又问:"三句呢?"女人回答:"那是绝对不可能的。但如果不幸真成为了事实,那么你就可以每天喝一些牛奶了。"

猫才不在乎女人的嘲笑呢,它依然用不快不慢的语气说:"到时候你可不要后悔。"说完这句话,猫就走了。许多天过去了,猫都没有再出现,谁也不知道它藏到哪儿去了。但它知道

女人有了一个小宝宝,而且比较喜欢毛茸茸的东西,喜欢被别人抱着,特别喜欢别人陪他玩。

第二天,猫一早就来到山洞口。山洞外的女人正忙着干活,但是身旁的小宝宝却很不合作地大哭起来。猫走了过去,用毛茸茸的尾巴,轻轻地抚摸着小宝宝的脸。小宝宝自己停止了哭泣,还"咯咯"地笑了起来。女人看到了,不禁感激地说:"多好的猫呀,你可帮了我的大忙。"

猫说:"你已经说了一句赞美我的话了,我可以永远住在这里了。但我仍然是一只独来独往的猫,不要指望我能做什么。"许多天过去了,猫都没有再出现,谁也不知道它藏到哪儿去了。

但是猫一离开,小宝宝又哭了起来。女人只好不情愿地掀开了门帘,让猫走了进去。猫用一个线团逗笑了小宝宝。

女人忍不住又夸了起来:"猫,你真是太了不起了。"猫快活地来到篝火边,说:"你已经说了两句赞美我的话了。"

就在这时,一只大老鼠不知从哪儿钻了出来。它在洞里四处乱窜着。女人最害怕的就是老鼠,她不停地尖叫着,似乎就要吓昏过去了。

猫傲慢地说:"原来女人竟然这样胆小。看我的吧!"说完,它猛地一跃,一把就抓住了那只老鼠,咬死了它。

女人这才放下心来,情不自禁地说:"这猫的本领真是太大了,我一定要把它留下来。"

就这样,猫在这个家里成了最受宠爱的对象。但是它依然独来独往。

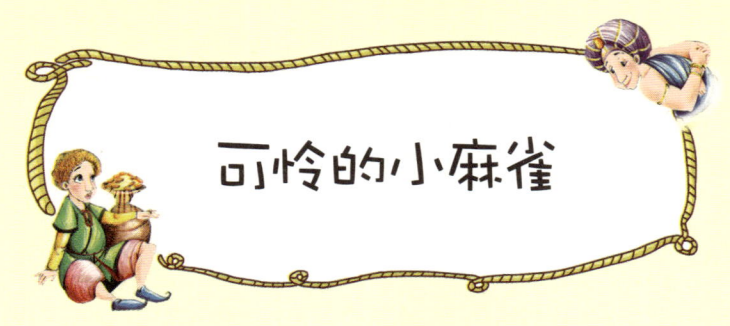

可怜的小麻雀

很久很久以前，在遥远的山林里住着一只小麻雀。它是一只可爱、忠诚的小麻雀。每天早晨和晚上，它都去朝拜山林中的鸟王——孔雀。

小麻雀的忠诚赢得了鸟王的赞赏，于是，鸟王就让它做了自己的助手。

这天早晨，小麻雀迟迟没来朝拜，孔雀等呀等呀，快到中午的时候，小麻雀终于出现了。孔雀觉得很奇怪，就问小麻雀："你怎么这么晚才来呀？"

"鸟王呀！"小麻雀带着哭腔说，"这里太危险了，我们赶快离开吧！一群凶残的人来到了山林，他们到处捕捉我们的同类。今天早晨，我亲眼看见他们抓走了两只白鹤。"听到这样的消息，鸟王难过得哭了！

"可是,"鸟王说,"这里是我们的家,我们世世代代都生活在这里,我认为没有哪个地方比这里更安全了!所以,我最最忠诚的小麻雀,你还是听我的话,不要离开这里吧!"

小麻雀本来还想再劝劝鸟王,但一听到鸟王说自己忠诚,就不再说话了。它想:"是啊!我一直都对鸟王无限忠诚,现在鸟王让我不要离开,我应该听话才对!"

于是,尽管小麻雀心里非常害怕,可为了表现自己的忠诚,它还是留在了孔雀的身边。

不久后的一天,小麻雀正在树上觅食。突然,它看见两只小鸟在草地上吵架。

"这样可不好,要是鸟王看到了会生气的!"小麻雀边想边飞到草地上,准备为两只小鸟好好调解一下。

可是，小麻雀哪里知道，噩运已经悄悄降临了。一个在树后躲了很久的猎人趁机蹿出来，用一张又大又结实的网，把小麻雀和另外两只小鸟牢牢地套住了。

猎人非常得意，他收起网，带着他的猎物开开心心地回家去了。

可怜的小麻雀就这样失去了自由。如果当初它坚持自己的意见，离开这里，它就完全可以避免这场灾难！所以，忠诚如果用错了地方，就变成愚忠了。

乌鸦智斗狐狸

很久很久以前,在深山边一个又冷又小的洞穴里,住着一只狐狸。它已经很老了,没有办法出去捕捉猎物。为了不让自己饿死,它吃掉了自己的孩子。

有一天,这儿飞来了一只乌鸦。狐狸亲切地说:"亲爱的朋友,你是来这里做窝的吗?我真高兴啊!我们能交个朋友吗?"

乌鸦很有礼貌地回答狐狸:"没错,我要在这里安家,但是我并不想和你做朋友。你太狡猾,而且还把自己的孩子都吃了。和你在一起,一定会很危险。"

狐狸听了乌鸦的话,眼珠子骨碌骨碌地转了几下,笑嘻嘻地说:"亲爱的乌鸦,你这样说就不对了。我来给你讲一个关于朋友的故事吧!听了这个故事,也许你会改变对我的看法。"

乌鸦说:"好吧,我很愿意听。希望我能改变对你的看法。"

于是,狐狸讲了一个关于老鼠和跳蚤的故事:

从前,有一个非常富有的商人,他的房子很大很大。在宽敞华丽的屋子里,住着一只大老鼠,时不时偷偷地溜出来找食物。一天深夜,房子里来了一只大跳蚤。跳蚤摸进商人的卧室,钻进商人的被窝,美美地吸起他的血来。商人痒极了,起来一看,原来是一只大跳蚤。商人愤怒地叫来仆人,大家一起来捉

跳蚤。可怜的跳蚤无处可逃，情急之下，就跑到了老鼠的屋里。正在睡觉的老鼠被闯进来的跳蚤惊醒了。它问跳蚤："你是从哪里来的呀？"

跳蚤说："我是为了躲避外面那些人才逃到你这儿来的，我不想打扰你的生活，只是希望你能让我在你这儿躲一躲，可以吗？"

老鼠听了，客气地对跳蚤说："可以。你住下来都可以，我也希望自己能多几个朋友。"

跳蚤听了非常高兴，连忙感谢老鼠。老鼠摆摆手说："这不算什么，我们都已经是朋友了嘛。"就这样，跳蚤和老鼠成了朋友。

每天晚上，老鼠先出去寻找食物，然后回来和跳蚤一起聊天。它们的日子过得很快乐。

有一天，商人把一枚金币放在自己的枕头下面，小心地保管着。老鼠看到了商人的金币，非常想得到它。

于是，老鼠求它的朋友跳蚤，说："我亲爱的朋友，我真的很想得到那枚金币，但是凭我的力量是无法办到的。你能帮助我吗？"

跳蚤拍拍胸脯说："放心吧，包在我身上！"于是，跳蚤偷偷地溜进商人的被窝，对准商人的肚皮狠狠地咬了一口。

　　商人从梦中惊醒，痒得哇哇直叫。恼怒的商人又叫来所有的仆人，要合力捉住跳蚤。跳蚤拼命地逃跑，有几次差点儿就被捉住了。趁大家不注意，跳蚤跑到枕头底下费尽力气拿出了那枚金币，把它小心翼翼地搬到了老鼠的屋里。

　　老鼠看到跳蚤真的拿回了自己喜爱的金币，高兴得不得了。看到朋友这么开心，跳蚤觉得刚才所经历的危险根本不算什么。经过这件事情以后，老鼠和跳蚤的友情更加深厚了。它们在一起相亲相爱，过着幸福的生活。

　　狐狸讲完故事后，说："看啊，乌鸦，异类也一样可以成为好朋友，不是吗？"

乌鸦撇撇嘴说:"你这样说,无非是想让我放松警惕,和你交朋友,你再伺机吃掉我!这就好像老鹰和小鸟的故事一样,我们做朋友是不会有好结果的。"

于是,乌鸦就给狐狸讲了老鹰和小鸟的故事。故事是这样的:

从前,森林里生活着一只凶残的老鹰,它以捕食小鸟为生。它年纪大了以后,渐渐地力不从心了。

于是,它改变以前那种凶狠的形象,装出一副温和的面孔,主动和小鸟打招呼,想用尽一切办法让它们觉得自己并不是那么可怕。

开始,小鸟们都不相信它,还是和以前一样远远地躲着它。但老鹰并没有放弃自己的伪装。就这样,很长一段时间过去了,有一些小鸟开始放松警惕,它们单纯地想:或许,

老鹰真的变好了。

相信了老鹰假面孔的小鸟,开始慢慢地接近老鹰。老鹰很狡猾,依然装出一副温柔的样子。直到这些小鸟完全放松了警惕,它带着它们来到森林里一个僻静的地方,趁这些小鸟不注意,一口一个吃掉了它们。

这些可怜的小鸟只看到了老鹰伪装的温和外表,而忘了它凶残的本性!

乌鸦讲完故事后,说:"其实你就和老鹰差不多,但是我要提醒你的是,不要一味模仿别人。否则,下场会和麻雀一样。"

看着狐狸不解的样子,乌鸦又开始讲起麻雀的故事:

很久很久以前,有一只小麻雀生活在树林里。这天早晨,它吃饱了饭正在休息,突然看见一只老鹰从天而降,迅速地扑向一只羊羔。

小麻雀看呆了,它想:"我也是鸟类,我也可以和老鹰一样威风。"它决定模仿老鹰,也去抓一只小羊来展示自己的本领。

小麻雀学着老鹰的样子,从树上快速飞下去,一下子扑在一只小羊羔身上,然后抓着它的毛向上飞。

这时,小麻雀才发现自己的力量太小了,根本就不可能抓起一只羊。而且,小麻雀的爪子还被羊毛给缠住了。它拼命挣扎,可越挣扎就缠得越紧。

后来,牧羊人的儿子发现了小麻雀,便抓住它来玩。不一会儿,小麻雀就死了。

乌鸦讲完后,对狐狸说:"我劝你不要像麻雀那样,自不量力,知道吗?"说完,它拍拍翅膀飞走了,留下狐狸在那里干瞪眼,一点儿办法都没有。

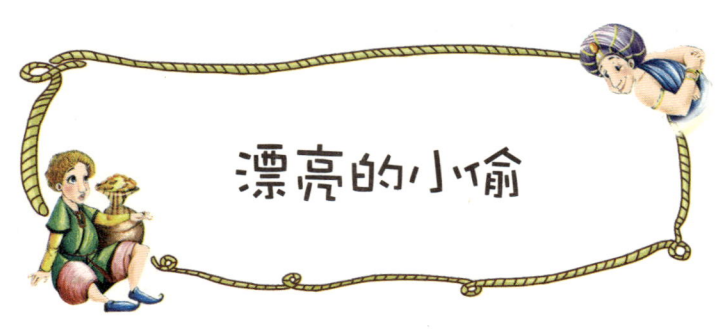

漂亮的小偷

很久以前，巴格达有一位公正善良的执行官叫哈利德·格斯利。有一天，一群人扭着一个年轻人来到法院，控告他是小偷。

在法庭上，哈利德看见这个年轻人仪表堂堂，眉宇间流露出不凡的气质和智慧，他的衣着也很整齐得体。哈利德无法相信这样的人会是小偷。但是，扭送年轻人来的那些百姓声称，年轻人入户行窃时被抓了个正着，而他自己也对所犯的罪行供认不讳。

听到这里，哈利德诧异极了，他问年轻人："他们说的是真的吗？"

年轻人急切地承认道："是的，他们说的都是实话，我愿意接受应有的惩罚！"

听他这么一说，大家反而愣住了。本以为他会为自己的行为寻找借口，但是，没想到他竟这么坦率地承认了。

哈利德惋惜地对年轻人说："我看你长得一表人才，不像是偷鸡摸狗的人，你穿得也不像普通人家的孩子，怎么会去偷盗呢？"

可是年轻人并不理会哈利德好心的提醒，他不耐烦地说："我都承认了，只求您按法律惩罚我，越快越好！"

年轻人越急着受罚，哈利德越觉得其中另有隐情。他再次和蔼地询问年轻人："你的坦诚让我欣赏，但是你越强调你是罪犯，我就越怀疑。我是根据事实来断案的，如果你有什么难言之隐，可以告诉我，我一定会给你主持公道。"

可是年轻人什么也不说。哈利德没有办法，只好按照法律宣判：第二天在广场上砍掉年轻人的手作为惩罚。年轻人被关

在阴暗潮湿的牢房里，默默地等待行刑时刻的到来。

晚上，明亮的月光照在牢房里，年轻人望着月亮，感慨不已，他终于忍不住用歌声把自己的事情唱了出来："我拒绝说出我和她的故事，哪怕哈利德用断手的刑法来惩罚我，我也不会把我们恋爱的秘密告诉别人。如果失去我的手可以挽救她的贞洁，我愿意为她献出所有！"

年轻人唱的歌恰好被看守听到了，他连忙把这事报告了哈利德。哈利德夜审年轻人，可是，固执的年轻人仍然什么也不说。

第二天，年轻人戴着脚镣，在士兵的看守下走上广场。人们都从家里跑出来，看可怜的年轻人受刑。

哈利德又问年轻人："你真的承认所有的罪行吗？那样你

将失去你的双手，你愿意吗？"

年轻人坚定地回答道："是的，我愿意！"

哈利德只好宣布行刑。就在刽子手举起刀要砍下来时，从人群里冲出来一个姑娘。她双眼通红，步履不稳，跌跌撞撞地跑到哈利德面前，塞给他一张小纸条。

哈利德打开纸条。看到上面写着："尊敬的法官，请你宽恕这个正直的人。他只是不愿意说出我们恋爱的秘密，不愿意玷污我的贞洁，才情愿牺牲自己的！"

原来，这个年轻人和姑娘在很久之前一见钟情，便一直暗中来往。那天晚上，年轻人悄悄到姑娘的房间看她，不巧被姑娘的父亲和兄弟看到了。为了保护姑娘的贞洁，年轻人一口咬定自己是小偷，这才有了今天这一幕。

听完这一切,哈利德才明白这个年轻人是一个多么优秀的人。他一直保护着的,是一个女孩子的名誉啊!这是真心相爱的人才能做到的。哈利德十分感动,他由衷地希望这两个经历了磨难的年轻人能够走到一起。

哈利德向百姓讲述了事情的真相,大家都为年轻人为爱牺牲的精神所感动。姑娘再也不顾羞涩,她扑到年轻人怀里放声大哭。年轻人微笑着安慰她,他并没有因为自己这些天所受的苦而觉得委屈。

哈利德叫来姑娘的父亲,对他说:"请看看这位可爱的年轻人吧!他为了保全你女儿的名誉,甘愿牺牲自己的双手。这样爱你女儿的人,你到哪里去找呢?不如今天就成全他们吧!"

姑娘的父亲也被年轻人的勇敢和深情打动了,他答应了哈利德的请求。转眼间,原本悲伤的事情有了个美好的结尾。

人们纷纷祝福获得幸福的两个年轻人,并且欢喜地见证了他们的婚礼。

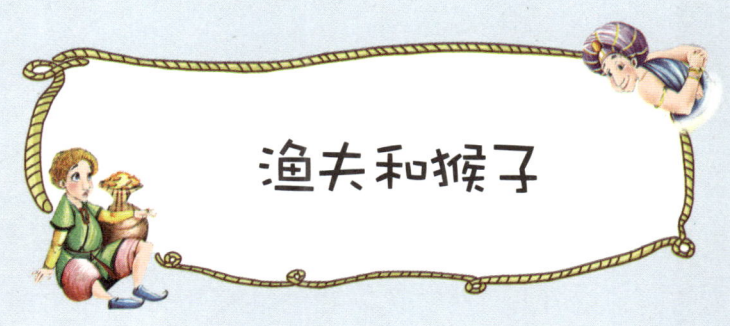

渔夫和猴子

有一个勤劳的渔夫,他每天都要出海打鱼。这一天,他打上来一只很丑的猴子。渔夫很生气,就捡起一根树枝要打猴子。

这时,猴子开口说话了:"请不要打我,再撒一次网吧,我会给你带来好运的!"

渔夫听见猴子说话了,觉得很神奇,就相信了它的话,又撒了一次网。

可这次打上来的依然是一只猴子,而且比上一只还要丑。渔夫气坏了,拿起树枝就要打它。

这时，它也开口说了和前一只猴子一样的话。渔夫想了想，决定再试一次，就又撒了一次网。

谁知，这次打上来的居然还是一只丑猴子。还没等渔夫生气，这只猴子就开口了："我以我的性命担保，你再撒一次网，我一定会给你带来好运的。"渔夫想：就试最后一次吧。于是，他撒下了网。

哈，这一次真的打上来了一条又大又肥的鱼。渔夫十分高兴。

渔夫对第三只猴子说："看来只有你给我带来了好运，真该好好感谢你！我想再问问你，我怎样才能发财呢？"

"这个很容易，只要你按我说的去做。"第三只猴子说，"你把这条鱼带去卖给村里最大的财主。他一定会出很高的价钱来买，但是，你千万别收他的钱。"

"为什么？"渔夫惊讶地问。猴子一笑，说："你就对他说，只要他当众宣布，把你的运气和他的运气交换，你就把鱼送给他。这样的话，你就会像他那样幸运，成为财主，而他就会像你一样倒霉，穷得快要饭了。"

"那么，我又该如何对待前两只猴子呢？"渔夫又问。

"把它们都扔回水里去！"第三只猴子恶狠狠地回答。

"这下我知道该怎么做了！"渔夫说完，就把三只猴子都扔回了水中，然后把鱼拿到市场上，卖了个好价钱。渔夫祈祷："仁慈的主啊，我会遵从您的告诫，辛勤地劳动，决不做狡猾和可恶的事情，请赐予我幸福吧！"

后来，渔夫真的依靠自己的辛勤劳动过上了富足的生活。

失踪的黄金城

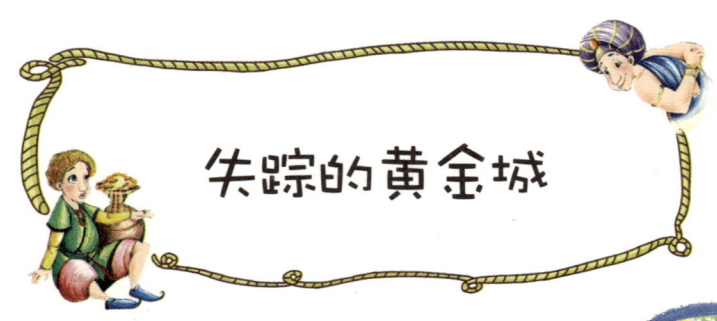

很久很久以前，有一位帝王叫翁顿。他死后，他的大儿子尚多德继承了王位。

尚多德是一个奢侈无度、凶狠残暴的人，他每天只知道自己享乐，拼命地压榨百姓，从来不管人民的死活。他的生活极其奢靡，可他还是不满足。他决定建一座

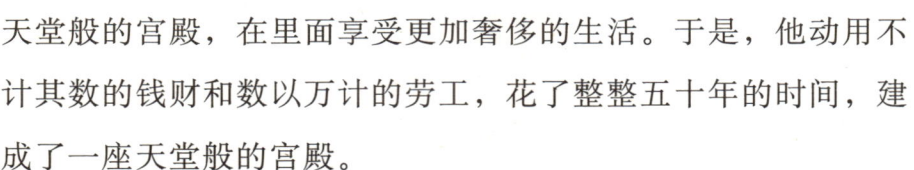

天堂般的宫殿，在里面享受更加奢侈的生活。于是，他动用不计其数的钱财和数以万计的劳工，花了整整五十年的时间，建成了一座天堂般的宫殿。

这座宫殿全部用金块和银块砌成，上面镶嵌着罕见的珍珠、橄榄石、翡翠等饰品，宫殿里的摆设也是用金子和银子做成的，上面也装饰着华贵的宝石，每一件都做得精美无比。于是，这座宫殿就被叫做黄金城。

宫殿建成的那一天，尚多德兴奋极了。他带着宠爱的嫔妃和信任的大臣前往黄金城，准备去过天堂般的生活。可是，悲剧发生了，就在离宫殿还有一天路程的时候，山洪暴发了。洪

水吞没了尚多德和他的队伍，并且堵死了通往黄金城的唯一道路。这样，尚多德还没有来得及看一眼自己向往的黄金城，就命归西天了。从此以后，再也没有人到过黄金城。

很久很久以后，一个叫阿布·古辽伯的商人到沙漠深处寻找自己走丢的骆驼，偶然发现了黄金城——黄金城终于重见天日。

尚多德劳民伤财，建造了黄金城，自己还没有看上一眼就死了，这一定是上天对他奢侈、残暴的一种惩罚吧！

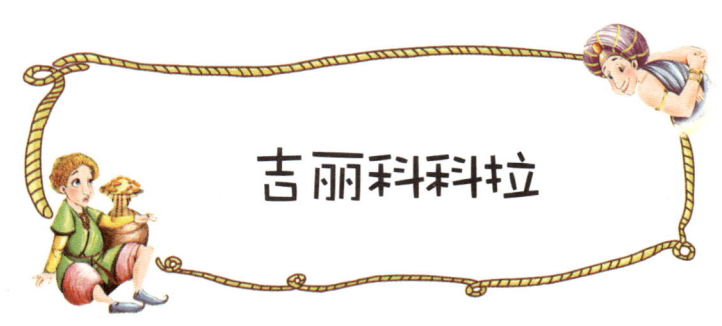

吉丽科科拉

从前,有个商人,他有三个女儿。每次外出做生意他都会给三个女儿每人一份礼物,好让她们高高兴兴地留在家里。这次姑娘们向父亲要了金线、银线和丝线。三姐妹中最小的叫吉丽科科拉,她最漂亮,两个姐姐一直很嫉妒她。

父亲离开后,大女儿拿了金线,二女儿拿了银线,而把丝线留给了吉丽科科拉。晚饭过后,姐妹三人都坐在窗前纺线。窗前的行人逐个对她们品头论足,大家的目光总是盯着最小的姑娘。

夜幕降临,月亮从天空经过,它望着窗口

说道:"纺金线的姑娘美丽,纺银线的姑娘美丽,但纺丝线的姑娘胜过她们俩,不论美丑,姑娘们晚上好!"

听到月亮的话,两个姐姐气不打一处来,她们决定跟小妹交换各自使用的线。第二天,她们把银线给了小妹,善良的吉丽科科拉没有一点怨言。晚餐后,三人又坐在窗前纺线。天一黑,月亮又出来了,说道:"纺金线的姑娘美丽,纺丝线的姑娘美丽,但纺银线的姑娘胜过她们俩,不论美丑,姑娘们晚上好!"

两个姐姐满腔愤怒,对吉丽科科拉冷嘲热讽,尖酸刻薄。善良的吉丽科科拉不知怎么才能让姐姐们高兴起来,只能默默地忍受这一切。到了第三天,三姐妹跟往常一样,坐在窗户前纺线。这次,她们把金线给了吉丽科科拉,想看看月亮又会怎么说。

没想到,月亮一露头,便说道:"纺银线的姑娘美丽,纺丝线的姑娘美丽,但纺金线的姑娘胜过她们俩,不论美丑,姑娘们晚上好!"

这一回,两个姐姐再也无法忍受见到吉丽科科拉了。她们把她关进了楼上的谷仓。

善良无助的姑娘孤独地在谷仓里哭泣着。月亮用它的光线

打开窗户，对她说："跟我来。"然后，带着她离开了。

赶走了小妹的姐姐们依然坐在窗前纺线。到了晚上，月亮又出来了，说道："纺金线的姑娘美丽，纺银线的姑娘美丽，但我家的那位姑娘胜过她们俩，不论美丑，姑娘们晚上好！"

两个姐姐听到这话，立即跑到谷仓一看，吉丽科科拉早就不在了。

一位女占星师告诉她们，吉丽科科拉正在月亮的家中，过着从未有过的舒适生活。

"我们怎样才能除掉她呢？"两个姐姐问。

"交给我办吧。"占星师说。

然后，占星师乔装成一个吉卜赛女郎，来到月亮家的窗下，大声叫卖着她的货物。

吉丽科科拉伸出头来，占星师问她："买一些七彩的丝线吧，我便宜点卖给你。"

吉丽科科拉太喜欢这七彩的丝线了，而且她还在想，如果把这么漂亮的丝线送给姐姐们，她们心里就不会再有怨恨。她让女占星师进了家门。

"让我拿近些给你看。"女占星师说着，用丝线勒住了姑娘的脖子，吉丽科科拉立刻变成了一尊塑像。占星师逃回两个姐姐那里，向她们讲述了这一切。

月亮绕着地球转了一圈后，回到了家。看到变成一尊塑像的姑娘，不满地说："我告诉过你不要放任何人进来，可你不听，你也只配这样呆着。"但随后它又同情起姑娘来，从她脖子上取下那根七彩的丝线。吉丽科科拉醒过来，向月亮保证再也不放任何人进家来了。

吉丽科科拉活过来的消息很快被占星师和狠心的姐姐们知

道了,两个姐姐又请求占星师再去干掉小妹。

这次,占星师带来一块有月亮河图案的纱巾。姑娘看到这块纱巾,实在无法抗拒。她想把泛着蓝色月光的纱巾送给月亮,感谢它对自己的疼爱。可刚跨进家门,扮成妇人的占星师就把美丽的纱巾罩在姑娘的头上,她又变成了一尊塑像。

月亮发现姑娘又一次变成了塑像,大发脾气,可它还是把纱巾从姑娘头上取下来,姑娘又复活了。"要是再发生一次,我就让你就这么呆着。"月亮说。吉丽科科拉保证以后一定不会。

但是两个姐姐和那个占星师又怎么会放过她呢?占星师带着一盒可以许愿的星星又来叫卖了。

吉利科科拉心中一直有个美好的愿望,因此抑制不住捧起这些可以许愿的星星。

她又把月亮说的话丢在了脑后。当她激动地把闪闪发亮的星星捧在手心里时,它们变成了没有光芒的石子,她也随即变成了塑像。

这次,月亮什么也不想说,什么也不想问了,它叫来一位烟囱清洁工,只收了三文钱,就把这么美的一尊塑像给卖了。清洁工把这尊美丽的塑像扛在肩上,在城里转着。

一个王子发现了它,一下子就爱上了它。姑娘似乎在虔诚地祈祷,美丽、幸福的微笑深深地打动了王子。王子按金价买下了塑像。

每当夜幕降临,王子就会在月光下一遍又一遍地看着她,喜爱不已。他越来越相信,伴随月光下的美丽姑娘就是他渴望已久的愿望。

美丽的姑娘打动了王子,王子的愿望

打动了每晚来伴随他们的月亮。于是月亮摘了一颗真的可以许愿的星星放在王子的手心。

"美丽的姑娘快快醒来,世界上最爱你的人就在身旁。"王子虔诚的祈祷唤醒了善良的吉丽科科拉,她又一次复活了。

吉丽科科拉向王子讲述了自己的遭遇。王子则深情地对她说:"让不幸的日子都过去吧,善良的月亮会永远陪伴着我们。"

王子和吉丽科科拉很快举行了婚礼,幸福地生活在一起。而两个狠心的姐姐从占星师那了解到这一切,当即就气死了。

仙鹤国王

很久很久以前，巴格达有个年轻的国王叫查西德。一天，阳光灿烂，宫殿外来了一个小贩，他不停地喊着："卖神奇的宝贝，来买呀！"宰相曼苏尔觉得他卖的东西很有意思，便把他带到查西德面前。

查西德在宫里翻看着小贩的东西，忽然见箱子里面有一只小抽屉，里面有一盒黑色的粉末，旁边有一张写着古怪的字的纸。查西德觉得这两样东西有些神秘，就买了下来。他很想知道这些字是什么意思，就派人叫来博学的塞利姆。

塞利姆向国王查西德鞠了一个躬，大声地翻译道："如果有人嗅一嗅盒内的粉末，然后说一声'穆塔博尔'，那么他就

可以变成任何动物,而且还能懂得这些动物的语言。等他想变成人的模样时,只要面向东方鞠一个躬,把那句咒语再念一遍,就变回来了。可是,你得当心,当你变成动物后千万不能笑,否则,那句咒语会从你的记忆里全部消失,这时你将永远成为一头动物。"

查西德国王兴奋地转过身,对宰相说:"要是能变成一头动物,那该多有趣呀!明天咱们就去试一试。"

第二天,他们走了许多地方,来到一个长满绿草的池塘边,看见许多美丽的仙鹤自由地在绿玻璃般的水面上玩耍。

有的仙鹤跨着大步子,庄严地走来走去,一边寻找青蛙,一边发出"嘎嘎"的叫声。

查西德激动地说:"我们就变作仙鹤吧!"他从腰袋里掏

出粉盒，倒出一点魔粉拿给宰相。两人嗅了一下，喊了一声"穆塔博尔！"

突然，他们的腿缩小了，变成了细长的鹤腿，双臂变成了翅膀，脖子从肩膀里慢慢地长了出来，全身长满了洁白的羽毛。他们互相看着对方，满意极了。

查西德和曼苏尔忍不住张开鹤嘴，"嘎嘎"地大笑起来。

他们笑了很长时间，曼苏尔突然叫起来："哎呀，在变形期间是不能笑的，否则咒语就会消失，我们只能永远当仙鹤了！"

国王害怕地马上停止了笑，他们面向东方站立，然后俯下身来，弯着长脖子急切地呼唤"穆……穆……穆……"，然而记忆已经消失，可怜的查西德和曼苏尔看来只有永远做仙鹤了！

变成仙鹤的第四天，他们又累又饿，只好飞回巴格达。站在从前的宫殿的屋顶上休息，突然看到下面一个衣着华丽、骑

着高头大马的男人穿过人群，很多人高呼着"向巴格达的新国王弥次拉致敬！"

查西德叹了口气说："弥次拉是我的死敌卡施努尔的儿子，狡猾的魔法师卡施努尔曾发誓要找一个机会报复我，这次我果然中了他的魔法。不过，我相信魔法终会被解除的。跟我来吧，曼苏尔，我忠实的伙伴。"他们一起展开翅膀向远方飞去。不久，他们来到一个废旧的宫殿里准备过夜。突然，一阵悲伤的哭声引起了他们的注意。

查西德朝声音走去，他用鹤嘴推开了门，发现地上蹲着一只巨大的猫头鹰，一颗颗豆大的泪珠正从她圆圆的大眼睛里滚下来。

猫头鹰看到查西德和壮着胆跟进来的曼苏尔，擦了擦眼泪，高兴地说："欢迎你们来到这儿，仙鹤！你们是救我出苦海的福星啊！"

查西德和曼苏尔惊讶地张大嘴巴,等他们回过神来,猫头鹰告诉他们说,她叫卢莎,是印度国王的女儿,因为她拒绝了魔法大师卡施努尔的儿子弥次拉的求婚,被卡施努尔变成了猫头鹰。

查西德听了公主的故事,急忙问:"哦,尊敬的公主!有什么办法能解除这个魔法呢?"

"哦,先生,我知道有一个办法可以使你们得救。不过,我也希望能获得自由。只要你们中的一位向我求婚,我就可以变回原样。"卢莎说。

这个要求让两只仙鹤惊讶得张大了嘴巴,他们没有想到要用婚姻来换取得救。

查西德和曼苏尔跑出去在宫殿外讨论了很久。查西德让曼苏尔娶猫头鹰,可曼苏尔谦虚地说他实在太老了,而且他十分怕老婆。最后,为了解除魔法,查西德不得不同意由他向猫头鹰求婚。

猫头鹰听了他们的决定后高兴极了，竟开心地转了一圈。她带着两只仙鹤离开了房间，来到一堵半塌的围墙前。他们站在围墙的缺口处看到前面是一个大厅，大厅的沙发上坐着八个人。

两只仙鹤立即认出其中一个人就是卖魔粉给他们的商贩。那个商贩向别人谈了许多，其中也讲到查西德和他的宰相曼苏尔的事。

"你教给他们的是什么咒语呀？"一个魔法师不在意地问了一句。"噢，是一个非常难念的拉丁语，叫做'穆塔博尔'。"商贩回答道。

两只仙鹤听到这里高兴地迈开长腿向宫殿的门口奔去。正在这时，红彤彤的太阳正从山后升起，他们面向东方，伸长脖子鞠了三个躬，不约而同地喊了起来："穆塔博尔！"

刹那间，他们恢复了人形，国王查西德和宰相曼苏尔两人激动地拥抱在一起，又哭又笑。

"卢莎,谢谢你!为了表示我无限的敬意,就让我做你的丈夫吧!"查西德真诚地对猫头鹰卢莎说。话音刚落,只见一位美丽的姑娘站在他的面前,甜甜地笑着向查西德伸出一只手,问道:"你再也认不出你的猫头鹰了,是吗?"

她就是那只猫头鹰卢莎呀!国王查西德完全被这位美丽的姑娘迷住了,禁不住高声叫起来:"变成仙鹤是我一生中最美好的时光!"

然后,三个人一起返回巴格达。

看见查西德国王并未死去,全城百姓都欢呼起来。查西德命令军队把魔法师卡施奴尔和他的儿子弥次拉抓起来,然后用火烧死。几天后,他和卢莎在王宫里举行了盛大的婚礼。

查西德和卢莎有了自己的孩子,每当他高兴的时候,总喜欢模仿仙鹤的姿势,逗得大家哈哈大笑。

谁也看不见的阳台

有个城镇，住着一个手艺非常好的木匠。他心眼特别好，不论谁求他干任何事，甚至求他干点没报酬的活，他都能爽爽快快地答应。譬如：

"木匠先生，请你给我家厨房做一个搁板。"

"哎，哎。这很容易。"

"昨天暴风雨，我家的木板墙坏了，你能不能想点办法？"

"那您可太为难了。我马上给您修好吧。"

"我家小孩想养兔子，请给做个小箱子。"

"啊，有了空儿，就给您做吧。"

一天晚上，来了一只猫，"咚咚"地敲木匠睡觉的二楼房间的窗玻璃。

"木匠先生，晚安。请您起来一下。"雪白的猫极其有礼貌地打招呼。

木匠把窗户打开一条缝。冰凉的风"飕——"地吹进来,白色的野猫在风中用严肃的声音,一口气地说:"想请您做一个阳台。"

木匠听呆了。猫说:"有一位照顾我的姑娘,为了她,我才来求您的。阳台的大小是四平方米,颜色是天蓝色,地点是槲树大街七号后街小小公寓的二楼。挂着白窗帘的房间就是。"

说罢,猫"唰"地跳到邻居的屋顶上,仿佛融化在黑暗中似的消失了。月光静静地落下,看起来,瓦铺的屋顶像是一片银色的海洋。

木匠扛着工具袋来到槐树大街七号。昨夜的猫，正端坐在公寓的房顶上。木匠立即着手工作。他搬来木料，仔细地用刨子刨好，量了尺寸，用锯来锯，再爬到房顶，"咚咚咚"地敲起锤子。

这样，当木匠在大楼后面不向阳的公寓窗户上做成一个天蓝色的阳台的时候，已经是黄昏了。那涂了油漆的小小阳台，好像是玩具一样。

好了好了！木匠想着，收拾一下，开始下梯子。这时，房顶那儿传来猫的歌声："能开花也能收蔬菜，手儿够得到星星和云彩，

谁也看不见的漂亮的阳台。"

木匠急忙下到地面抬起头，想看看刚刚做完的阳台。可是，啊，如同猫所说的，阳台连影子和形状都看不见了，要说能看见的，只有房顶。

木匠摇了好几次头，揉揉眼睛，然后想：到底是什么样的姑娘来打开那窗户呢？木匠在微暗的小巷，靠着石墙，点着了一支烟卷。他在等着姑娘回来。他想，靠着墙吸烟，姿势可不太好。尽管那样，他的眼睛还是没有离开公寓的窗户。

天已全黑，四周传来晚饭气味时，那窗里"噗"地亮起了灯。白色窗帘摇动，玻璃窗打开了。接着，长着长头发的姑娘探出了脸。一瞬间，姑娘似乎特别吃惊，看了房顶一会儿，喊道："多了不起的阳台！"

她高高地伸出手，这样说："第一颗星，到这儿来；火烧云，到这儿来。"

她的手里，好像抓到了星星和云似的，脸上露出了幸福的微笑。

寒冬过去，阳光稍微暖和了一点的时候，一个挺大的包裹寄到了木匠家里。包裹用天蓝色的纸包着，还系着天蓝色的带子。

木匠歪着脖子打开包一看，哎呀，里面装满了好香的绿色蔬菜，有莴苣，有卷心菜芽，有荷兰芹，有菜花……还有这样一张卡片："这是在阳台收获的蔬菜，是给阳台修造人的谢礼。"

木匠惊讶极了。想不到那谁也看不见的阳台上，居然能长这么多的蔬菜。

他马上把蔬菜做成色拉。在奇怪的阳台上收获的蔬菜，甜甜的，嫩嫩的，吃上一口，浑身都舒服。

到了五月，一件中等大小的包裹又寄到了木匠那里。木匠打开包裹一看，里边是一箱颜色鲜艳的草莓，而且，照样附着这样的卡片："这是在阳台收获的草莓，是给阳台修造人的谢礼。"

木匠在草莓上浇上牛奶吃了。草莓凉凉的，香喷喷的，吃一口就觉得身子发轻。吃着草莓，木匠的心中充满了对远处世界的向往——希望在沙漠的正当中，建立一座能够到星星的塔。

到了六月，大雨停了。在一个阳光又热又晃眼的日子，木匠那里，又收到了一个包裹。

这一次是个细长的木箱，里面睡着满满的红蔷薇。卡片上写着："这是阳台上开的蔷薇，是给阳台修造人的谢礼。"

木匠把蔷薇花装饰在自己的房间里。当天晚上，被花香包围着香香地睡了。

"喀吱喀吱"，是谁轻轻敲窗的声音，木匠睁开眼睛。房间里，蔷薇的香味冲鼻。窗外，那白猫端正地坐着，说："木匠先生，接您来了。您愿意坐上天蓝色的阳台到远处去吗？"

"到远处去……"木匠猛然往外一看,呀,前次做的天蓝色阳台,好像船儿一样,正浮在空中。

天蓝色的阳台上,放着好几个大花盆,开满了红蔷薇。蔷薇的枝蔓缠着阳台的栏杆,长着小小的花蕾。在盛开的花丛中站着长发姑娘,向木匠招手。她的肩上停着许多鸽子,麻雀群在啄着蔷薇叶。

木匠的心"啪"地亮了。形容不出的喜悦,使他的心咚咚直跳。"好,去吧!"他抱起猫,连睡衣也不换,从窗户跳到外边,在房顶上走几步,"噗"地跳上了阳台。

于是,阳台像宇宙船一样地开动了,朝着星星和月亮,朝着在夜空中飘忽的云,慢慢地飞去。接着,不知不觉地,变得真的谁也看不见了。

聪明的阿布纳瓦

很久以前,在埃塞俄比亚,有一个十分聪明的人叫阿布纳瓦。一次,阿布纳瓦来到皇宫,请求国王给他一份工作。"你看上去很强壮,不如就当守卫吧!"国王沉思了一阵说。于是,阿布纳瓦就当上了皇宫的守卫。

一天,国王对阿布纳瓦说:"我要出去了,你可要好好地看守皇宫的大门呀!"说完,国王和他的随从骑着马走了。

阿布纳瓦坐在皇宫的大门外,觉得很无聊,就把门从门框

上卸下来,背着门来到广场,和大家又唱歌又喝酒,直到天亮时,才背着门回到皇宫。

可是,就当阿布纳瓦不在时,小偷到皇宫偷走了许多东西。国王回来后,知道了这件事,派人把阿布纳瓦抓来,生气地问:"我不是让你看守皇宫的吗?"

"唉呀,"阿布纳瓦说,"尊敬的国王,你只叫我看门,我一直看着它呢!你可没说要看宫殿呀!"

国王无话可说,只得放了他。"这个狡猾的阿布纳瓦,我总有一天会收拾你!"国王心里暗暗想道。

过了几天,国王对大臣说:"你去把阿布纳瓦找来,告诉他说，国王命令他立即去。但是去见国王时，既不能光着身子，也不能穿衣服；既不能步行，也不能骑牲口。"

大臣找到了阿布纳瓦，向他转达了国王的命令。

这消息很快传遍了全国，很多人聚集在皇宫门口，都想看看国王是怎样难住阿布纳瓦的。"他来了！"有人尖叫起来，大家伸长脖子看着。

果然，阿布纳瓦出现了。他果然没穿衣服，浑身上下只围了一张渔网，他的一只脚踩在马蹬上，另一只脚踩在地上。马往前走一步，他用一只脚往前跳一步。人群发出阵阵哄笑声。

国王说："阿布纳瓦，你的恶作剧该收场了。你虽然聪明，但很讨厌。快走吧！以后再也别让我看到你这张脸！"阿布纳瓦转身就走了。

几天之后，国王骑着马穿过大街，街上每个人都面对他弯腰鞠躬，可人群中却有一个人，用背对着他。"把那个背对着我的人带过来。"国王生气地对卫兵说。

卫兵抓住了那个人，把他带到了国王的面前。国王一看，啊，这个人不就是阿

布纳瓦吗?"你胆子还真不小啊!竟敢背对着我!"

"咦?您不是叫我不要让您再看到我这张脸吗?我只不过是在执行您的命令罢了。"阿布纳瓦对国王说。

"你,你太无礼了,"国王气得发抖,大声说,"现在我最后命令你立即离开埃塞俄比亚!只要我发现你再踏上埃塞俄比亚的土地,我就当众绞死你!"

阿布纳瓦笑笑,什么也没说,走了。

一些日子过去了,有一天国王又骑着马上街,在露天市场突然看到了阿布纳瓦。

国王骑着马得意地走到他面前,举起一只手示意让大家安静。

"埃塞俄比亚人民,"国王大声说道:"我实在太高兴了,因为今天我不得不绞死一个人。"他转身对阿布纳瓦说:"看来,你真的是忘了我最后的命令!"

"哦,尊敬的国王,我当然没忘记,是您命令我不许再踏上埃塞俄比亚的土地。"阿布纳瓦不慌不忙地说。

"那你怎么还在这儿？"

"我老老实实地执行了您的命令。"阿布纳瓦接着说，"我按照您的命令离开了埃塞俄比亚，去了埃及。我把埃及的泥土放进了我的鞋子。从此，我脚下踩的就是埃及的土地了。"

国王气得说不出话来。

阿布纳瓦在众人的注目下，吹着口哨扬长而去。

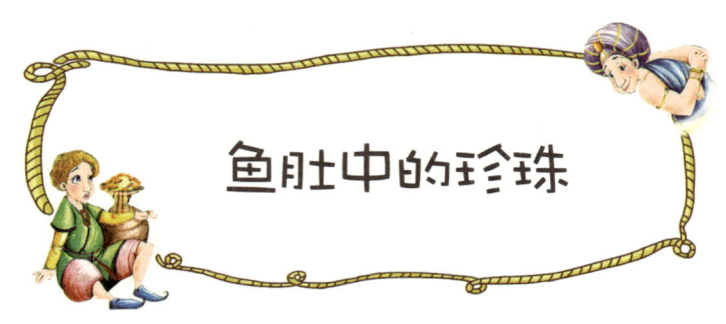

鱼肚中的珍珠

从前,有一个好心的人,他非常乐意帮助别人。虽然他只能靠着纺纱获取微薄的收入来养活一家人。

一天,他刚刚到集市上卖掉纱,就碰见了一个躺在路边的穷人。这个可怜人已经饿了好几天了,好心人毫不犹豫地就把身上所有的钱都给了他,说:"钱虽然不多,但也能买点吃的。请你不要嫌弃。"

穷人感激地直点头。好心人高高兴兴地回家了。

回到家里,他已经没有钱买食物了,一家人都眼睁睁地看着他。没办法,他只好把家里的旧桌子拿出去卖,想换点钱回来。可是,他卖了很久都没有卖出去，因为那张桌子实在是太旧了。

一个卖鱼人和他聊了起来，知道他卖桌子的原因之后，非常感动，说："你真是一个好心人啊，所以你也一定会有好运的。"于是，卖鱼人就拿了一条大鱼送给他。好心人实在拒绝不了卖鱼人的热情，就拿着鱼回到了家里，准备熬鱼汤给家人喝。当他把鱼肚子剖开的时候，竟然发现了鱼肚里有颗又大又圆的珍珠，一看就知道能卖不少的钱。全家人都高兴坏了。好心人把珍珠拿到珠宝店里一卖，就轻易得到了十个金币。

但是好心人并没有急着回家，而是四处寻找着那个卖鱼人，他觉得应该把金币拿给卖鱼人，因为那条大鱼本来并不属于自己。

可是，他找了很久都没有找到那个卖鱼人，却碰到了一个乞丐。乞丐伸手向他企求食物，好心人拿出了一个金币给他，说："这并不是我的财产。但是我想那个善良的卖鱼人也愿意帮助你的。"说完，好心人就准备离开了。

这时候，那个乞丐微笑着说："好心人，上帝在保佑你，让你过上好日子。"说完，乞丐就神秘地消失了。而这个好心人这才明白穷人、卖鱼人和乞丐都是上帝给自己安排的考验。不过，他已经顺利地通过了考验，受到了上帝的眷顾。

磨坊主与驴子

一大早,磨坊主就起床了。他到牲口棚把里面的一只大毛驴喂得饱饱的,然后赶着驴子出了门。

他的小儿子见了,问他:"爸爸,爸爸,您到哪里去?"磨坊主回答:"我去集市上卖驴子!"小儿子高兴地说:"带我一起去吧,我也想逛逛热闹的集市!"磨坊主想了想,同意了。小儿子追了上来,和父亲一同赶着驴子往前走。

他们没走多远,就遇见了一群聚集在井边的妇女。其中有一个说:"瞧,你们看见过这种人吗,放着驴子不骑,却要走路。"说罢,那群女人哈哈大笑起来。

　　磨坊主听到了女人的话，立刻对儿子说："孩子，你骑驴吧，我们不能让别人笑话。"儿子立刻骑上毛驴。走了一会儿，他们遇到了几个正在争吵的老头儿。

　　一看见他们，老头儿们不再争吵了，有个老头儿说："看看他们吧，这证明了我刚说的那些话。现在的年轻人哪，根本不懂得尊敬老人！"另一个老头儿也跟着说："是啊，是啊，你们看看，那个懒孩子骑在驴上，而他年迈的父亲却在下面走路！"于是，所有的老头儿都愤怒了，他们冲着孩子喊道："不懂事的小东西，赶快下来，让你的老父亲歇歇他疲乏的腿吧。"

　　听到指责，孩子"哇"地哭了起来。老人只好把哭哭啼啼的孩子从驴背上抱下来，自己骑了上去。

　　他们没走多远，又遇到一群妇女和孩子。一个妇女说："看那个走路的孩子，他哭得多伤心哪！是不是因为走不动了，累得直哭呢？"

另一个女人也朝他们这边看了看，气愤地喊："天哪，这个老头儿太狠心了吧，让一个这么小的孩子跟在驴子后面，自己却舒服地骑着驴！"于是，那几个女人齐声喊起来："你这没良心的老头儿，你怎么可以自己骑驴，而让那可怜的孩子跟着跑呢？"老实的磨坊主立刻叫他儿子坐在自己前面，这样就成了两个人骑一头驴。

快到市场时，有人问磨坊主："朋友，这驴子是你们自己的吗？"磨坊主说："当然是的。"那人说："既然是你们自己的，为什么不爱惜它呢？想一想你们两个人加起来有多重啊！你看，可怜的驴子累得直喘气呢！"磨坊主没主意了，他考虑了许久，决定把驴抬着走。磨坊主想："这下应该没有人再说我们不对了吧？"

走进市场的时候，很多人都围过来看，人们取笑这父子俩，他们喊："哈哈，快来看，快来看，活人抬活驴！真新鲜呢！"磨坊主和他的儿子又气愤又羞愧，牵着驴子，急匆匆地从小路逃回家去了。

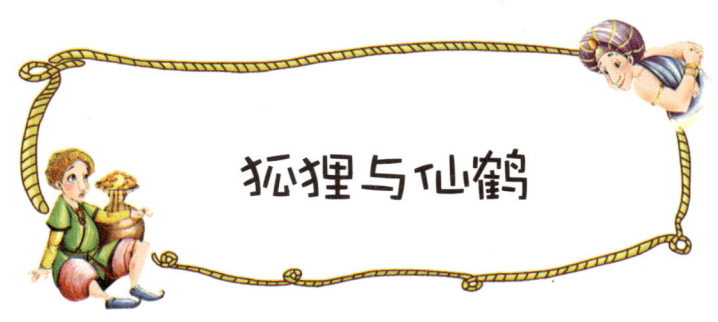

狐狸与仙鹤

狐狸和仙鹤一起住在森林里。狐狸住在大树下,仙鹤住在水塘边,它们是相处不错的邻居。

有一天,仙鹤和狐狸一起去捕鱼。狐狸做什么事情都不专心,它一会儿跑去捉蜻蜓,一会儿又跑去逮蚂蚱。直到天快黑了,它才开始捕鱼。可是,狐狸什么也看不见了。仙鹤一直在认真地捕鱼,它的篮子里装了一条肥肥的大鱼。

狐狸看见了,连忙说:"仙鹤姐姐,我做的鱼汤最好吃了,不如你把鱼给我,做成了鱼汤我们一起喝,好吗?"

仙鹤想:"可怜的狐狸什么鱼也没抓到,反正我抓的鱼也挺大的,那就和它分着吃吧。"于是,仙鹤同意了。仙鹤把鱼送给了狐狸,跟着它一起回到大树下。

狐狸拿着鱼钻进了厨房。不一会儿,仙鹤就闻到了香喷喷的鱼汤味。狐狸一边做鱼,一边想:"一条鱼,刚刚够我吃,我怎样才能让仙鹤吃不到鱼呢?"狐狸贼眉鼠眼地四处看了看。突然,它有主意了。一会儿,它就拿着两盘盛着鱼汤的平底小盘子从厨房里出来了。

狐狸说:"仙鹤姐姐,这就是用那条鱼做的鱼汤,你请喝吧,千万别客气。"仙鹤的嘴巴长长的、尖尖的,怎么也喝不到小盘子里的汤。可狐狸呢,嘴巴又阔又大,一口就把自己面前的汤喝了个精光。

喝完了汤的狐狸对仙鹤说:"你怎么不喝呢?是嫌不好喝

吗？我帮你喝好了！"说完，不等仙鹤回话，狐狸一张嘴又把仙鹤的那一份也喝了。仙鹤饿着肚子，生气地回去了。仙鹤回到家里，越想越生气，它说："狡猾的狐狸，居然这样对待我，看我怎样教训你。"

过了几天，仙鹤请狐狸去吃饭。仙鹤说："谢谢你那天的款待，今天中午我请你到我家吃饭。"狐狸一听仙鹤要请客，开心极了。狐狸想："别人的东西不吃白不吃，我一定要吃够本儿。"因此，为了这顿免费的午餐，狐狸连早饭也没吃。它心里想的是："要是这顿吃饱，我可以连晚饭都省下了！哇，我一天的饭都节省了呢。"

中午，狐狸饿着肚子，如约来到仙鹤家。

远远地，它就闻到了扑鼻的香气。

狐狸的肚子开始"咕噜噜"地叫唤,馋得口水都流出来了。

一进门,狐狸就看见仙鹤正端着一个长脖子瓶,里面盛满了鱼汤,可香啦!仙鹤说:"狐狸弟弟,你快吃吧,这可是我精心准备的,你千万不要客气。"可那瓶子又细又长,狐狸的阔嘴巴怎么可能伸得进去呢?仙鹤说:"你不喜欢吃吗?你是不是在家里已经吃过了?真是太不凑巧了,我帮你吃好啦!"

狐狸正想说话,仙鹤已经把长嘴巴伸进了瓶子里,很快就把瓶里的东西吃完了。狐狸这才明白,仙鹤是故意这么做的。它想起自己以前对待仙鹤的情形,很不好意思。

最后,它只好耷拉着脑袋,饿着肚子回家了。

善良的何仙姑

很久很久以前,一个叫何琼的姑娘降生在零陵城一个普通的庄户人家。当地人都说,姑娘出世的那天,一团鲜艳吉祥的紫气笼罩在何家茅屋的上方,一群仙鹤在紫气中上下飞舞。不一会儿,一只硕壮的梅花鹿驮着一个扎小辫、身系红肚兜的女童飞奔闯入何家,就在这时,何母生下了一个白白胖胖的女儿。

何琼的家乡是一个山清水秀的风水宝地。在零陵城西有一座云母山,山上盛产五色云母石。云母石是古代求仙的上乘补药。一条清澈蜿蜒的小

溪从山上奔流而下,被称为云母溪,何琼的家就在秀美的云母溪畔。喝云母水长大的何琼,出落得美丽灵秀,她自小就喜欢一个人在云母溪边嬉戏玩耍。

十四岁那年,她在云母溪畔遇见了一位白发苍苍的长胡子老翁。老翁向她询问了一些当地山水的情况,何琼都伶俐地一一做答,老翁非常高兴,从自己的背囊里取出一枚鲜灵灵的蟠桃送给何琼。

何琼接过蟠桃,一口一口地吃下了肚,老翁看着她吃完,满脸笑容地点点头,转身就不见了。

回家后,何琼一连几天都不想吃东西,也不觉得饿,可精神却比以往更旺盛。

一个月之后,何琼又在云母溪边遇到了那位老翁,这次老翁把她带到云母山上,教她如何采集云母以及怎样服食云母。

何琼按照老翁的话,每天到云母山上采食云母,渐渐感觉到自己身轻如燕,往来山顶,行走如飞。

此外,她还能辨识和采摘山中的各种仙草灵药。有了这样的本领，何琼首先想到的是治病救人，附近的老百姓不管得了什么病，只要吃了她的药，一定是药到病除。因此，人们都称她是"何仙姑。"

何仙姑的消息一传十，十传百，越传越远，最后竟传到皇帝的耳中。

皇帝听说零陵地方出了一个何仙姑，不但能自由往来于山岳之巅，而且能妙手回春，就特地派人前往探视，并赐予何仙姑一袭朝霞服。

何仙姑接受了朝霞服，兴致勃勃地穿戴起来，周围的百姓闻讯从四面八方赶来观瞻，只见何仙姑身上霞光万道，熠熠生辉，好像神仙下凡。

何仙姑心中颇感自得，然而她母亲却大感恐慌，心想：

"这样的女儿,谁家还敢娶她呀!"

果然不出何母所料,何仙姑十八岁时,出落得像花一样漂亮,但因本事太大,竟没有谁家敢娶她。

何母忧心忡忡,何仙姑自己却若无其事,整天忙着给人采药治病,过得十分充实。

一天,何仙姑进入云母山密林深处采药,遇到两位神奇的人。

他们中有一个瘸腿的老汉,手拄铁拐,身背硕大的酒葫芦,衣着褴褛,看上去像个乞丐;另一个着一身整洁的蓝布衫,手持药锄,肩背药筐,神态十分俊逸。

这两人在何仙姑前面不远的地方,一搭一唱,口中念念有词,不一会儿,竟腾空而去,不见了踪影。

何仙姑一直悄悄地跟在他们后面,竟把他们念叨的口诀学

会了。这可不是一般的口诀,何仙姑念了没过多久,居然也能够像他们一样,凌风驾云,飞越山谷。

从此,她常常一人悄悄来到深山中修练,身法愈来愈熟练,飞得越来越远。她时常飞到遥远的大山中,朝去暮回,带回一些奇异的山果给家人品尝,家人吃了觉得香甜可口、精神倍增,但一直不知道吃下的是什么果实。

见她每天早出晚归,何母心生疑虑,忍不住盘问她:"你一天到晚不见个人影,跑哪儿去了?"何仙姑拗不过母亲,只好说出了实情:"我去名山仙境与仙佛谈论佛道去了。"渐渐地,何仙姑通晓佛道的消息也传开了。

皇帝听到这个消息,派使者前往零陵城,召请何仙姑前往洛阳城谈论佛道。

使臣与何仙姑一同跋山涉水来到洛阳城外。在等船渡河时，众人突然不见了何仙姑的踪影。使臣惊慌失措，连忙命人四处寻找，却没找到一点蛛丝马迹。

众人吓得坐在河边发呆，薄暮时分，何仙姑翩然凌空而降，不急不忙地告诉使者："我已见过皇帝，你们可以回朝复命了。"

使臣将信将疑地回到洛阳宫中，一打听，果然何仙姑当天来拜见过皇帝，并与皇帝在宫中长谈了半日，使臣们为之惊讶不已。

何仙姑在宫中与皇帝大谈长生不老之术及治国安邦之道。皇帝受益匪浅，为了酬谢何仙姑，下令零陵地方官吏在零陵城南的凤凰台，建造了一座雄伟的会仙馆，作为何仙姑讲道弘法的地方。

一天，何仙姑坐在凤凰台上，仰望着苍远的天空出神，忽然看见有仙人在远处的云端向她招手，不知不觉中，何仙姑的身体像彩凤一般冉冉升起，凌空而上，追随仙人而去。她脚上的一只珠鞋却不小心掉落在地上。

第二天，珠鞋坠落的地方忽然出现一口水井，井水清澈甘甜，异香扑鼻，四周井栏形状恰似一只弓鞋的模样。当地的人们在井旁建了一座何仙姑庙，日日香火鼎盛。因为那水井里的水，不但清凉解渴，而且能治愈各种疾病。

成仙后的何仙姑念念不忘人间的疾苦，经常在南方一带行云布雨、消除疫灾、解救苦难。凡是需要她帮助的人，只需默默向天空祈祷，她就能像"及时雨"一样出现，给予人们神奇的力量。